AF304307

Robin Fuchs, das sind **Christian Handel, Jana Ronte, Nica Stevens und Andreas Suchanek**. Gemeinsam schreiben die vier Autor:innen für Audible die Original-Reihe „Pech & Schwäfel".

PECH &
Schwäfel

Tot im Wald

ROBIN FUCHS

Erstausgabe November 2023

Copyright © 2023 dp Verlag, ein Imprint der
dp DIGITAL PUBLISHERS GmbH
Made in Stuttgart with ♥
Alle Rechte vorbehalten

Tod im Wald

ISBN 978-3-98778-842-0
E-Book-ISBN 978-3-98778-699-0

Dieses Werk basiert auf dem audible Original „Pech & Schwäfel –
Tot im Wald" © Audible GmbH, Berlin
Development Producer: Jana Ronte-Versch

Layout: © Craubner + Hartmann GmbH
Covergestaltung: Buchgewand
Umschlaggestaltung: ARTC.ore Design

Unter Verwendung von Abbildungen von
shutterstock.com: © Pictrider, © Igillustrator, © tridatustudio
Lektorat: Jana Ronte
Satz: dp DIGITAL PUBLISHERS GmbH
Druck und Bindung: Books on Demand GmbH, Norderstedt

Prolog

Es knackte im Geäst. Heike schrie auf, als ihr Mann sie am Arm packte und zurückzerrte. Im nächsten Moment preschte kurz vor ihnen ein aufgeschrecktes Reh in der Abenddämmerung über den Waldweg. Waldemar kläffte ihm aufgebracht hinterher.

»Herzinfarkt des Todes«, stieß Christian aus und schlug sich die Handfläche auf die Brust. »Das Biest hat uns fast überrannt.«

Heike zitterte und kämpfte damit, ihren Dackel unter Kontrolle zu halten. Waldemar bellte unaufhörlich, zerrte an der Leine und schlüpfte schließlich durch das Halsband.

»Nein, Waldi, nein!«, rief sie.

Christian fluchte. »Waldi, bei Fuß!« Er hetzte ihm nach, doch der Hund war längst im Dickicht verschwunden.

»Waldi!« Heikes Stimme überschlug sich.

Sie folgte ihrem Mann nur wenige Schritte. Es wurde bereits dunkel und der Gedanke, in den dichten Wald hineinzulaufen, gefiel ihr gar nicht. Dazu kam, dass Waldemars Bellen verstummt und weit und breit nichts mehr von ihm zu sehen war.

Christian schimpfte und kam zu ihr zurück. »Dieser Mistköter!«

Heike verteidigte ihren Dackel. »Er folgt seinem Jagdinstinkt.« Sie schlug die Hände über der Kapuze zusammen. »Was machen wir denn jetzt?«

Christian nahm ihr die Hundeleine ab und legte sie in Schlaufen. »Wir bleiben auf dem Waldweg und rufen ihn.«

Er ging voran.

»Waldi!«, rief Heike wieder und zog sich die Kapuze weiter in die Stirn. Ihre Fingerspitzen waren trotz der Handschuhe kalt. »Der Hund wird erfrieren, wenn wir ihn nicht finden.«

»Quatsch, so eisig ist es nun auch wieder nicht.« Die Atemwölkchen vor seinem Mund und die gerötete Nasenspitze überzeugten Heike allerdings nicht von seiner Behauptung.

»Waldemar! Hierher!« Er aktivierte die Taschenlampenfunktion am Smartphone und leuchtete in die zunehmende Dunkelheit.

»Was, wenn er sich verletzt?« Heike zog die Nase hoch, ihre Augen füllten sich mit Tränen. »Oder ein wildes Tier ihn angreift?«

Christian blieb stehen und sah sich zu ihr um. »Wir sind in Niederteerbach und nicht in einem kanadischen Nationalpark. Was für ein Raubtier soll das sein?«

Sie hob das Kinn. »Ein Wolf zum Beispiel. Die haben sich wieder in Deutschland angesiedelt.«

Er richtete seine Mütze. »Aber nicht in unserer Gegend.« Abermals rief er nach Waldemar.

Sie überholte ihren Mann. »Und wovor ist das Reh dann geflohen?«

Christian zuckte mit den Schultern. »Das machen Rehe schon mal, sie sind schreckhaft oder vielleicht war auch der Jäger in der Nähe.«

Heike stoppte mitten in der Bewegung. »Der Jäger? O Gott, der wird Waldi erschießen. Hunde müssen an der Leine geführt werden und –«

»Beruhige dich«, unterbrach Christian ihren Redeschwall. »Der erlegt keinen Dackel.«

Sie riss die Augen auf und sah sich nach allen Seiten um. »Es wurden schon Menschen nachts versehentlich von Jägern erschossen!«

Christian seufzte. »Wenn es richtig dunkel wird, können wir sowieso nicht im Wald bleiben. Dann kommen wir morgen früh wieder her, um nach Waldi zu suchen.«

Heike drehte sich um die eigene Achse. »Hast du das gehört?« Sie hob den Finger und lauschte.

Zweige knackten, ebenso raschelte das von Raureif überzogene alte Laub, das den Waldboden bedeckte.

In etwa zwanzig Metern Entfernung huschte Waldemar zwischen zwei Sträuchern hervor und kam mit einem Stock im Maul auf sie zu gedackelt.

Heike atmete auf und lief dem Hund entgegen. »Waldi, mein Schatz. Was machst du denn für Sachen?«

Waldemar ließ den Stock fallen und genoss ihre Streicheleinheiten.

»Was hast du denn da?« Sie hob den Stock auf und schaute ihn sich genauer an. »Oh, wie eklig!« Im weiten Bogen schmiss sie ihn von sich. »Und das haben wohl auch nur Besucher aus einem kanadischen Nationalpark hier vergessen, oder wie?«

Ihr Mann beleuchtete das Fundstück mit dem Smartphone. »Was zum Teufel …? Wir müssen die Polizei rufen!«, stieß er aus, während seine Frau sich vornüberbeugte und erbrach.

1. Kapitel

»Du hast tatsächlich alle Kartons ausgepackt?« Zoe schaute sich in Maikes Wohnzimmer um und nickte anerkennend. »Man könnte fast glauben, du wirst hier langsam heimisch.«

Maike machte sich ein Kölsch auf und ließ sich auf die Couch sinken. »Es war zu anstrengend, immer alles suchen zu müssen.«

Zoe setzte sich schmunzelnd neben sie. »Als würdest du das ohne Kartons nicht auch tun.«

»Was soll das denn heißen?« Maike nahm einen Schluck aus der Bierflasche. »Ein bisschen Chaos hat noch keinem geschadet. Es gibt nichts Schlimmeres als Wohnungen, in denen man nicht sieht, dass dort gelebt wird.«

Tubbs pirschte sich auf leisen Pfoten an und sprang dann mit einem Satz auf Maikes Schoß. Crockett lag auf dem alten gusseisernen Heizkörper, der schon seit Tagen ein merkwürdiges Gurgeln von sich gab. Maike hatte es ihrem Vermieter bereits mitgeteilt und hoffte, dass der etwas unternahm, bevor sie hier mitten im Januar in einer kalten Wohnung hockte.

Zoe lehnte sich vor und kraulte Tubbs hinter den Ohren. »Die beiden haben sich auf jeden Fall inzwischen an ihr neues Zuhause gewöhnt.« Die rot getigerte Katze streckte die Beine aus und begann zu schnurren.

»Wollen wir mal schauen, was wir an unserem Konzertwochenende in Hamburg noch so machen können?«, fragte Maike, hob Tubbs von ihrem Schoß und legte die Katze auf Zoes Beine. Dann zog sie ihren Laptop unter der Couch hervor und klappte ihn auf.

»Du hast wirklich dein eigenes Ordnungssystem«, kommentierte Zoe. »Hätte ich deinen Laptop gesucht, hätte ich ihn vermutlich nie gefunden.«

»Ich habe gestern noch auf der Couch gearbeitet«, sagte Maike, klappte den Laptop wieder zu und stellte ihn auf dem Tisch ab. »Der blöde Akku ist leer. Wo hab ich mein Smartphone?«

»Das kannst nur du allein wissen«, erwiderte Zoe und wedelte orakelnd mit den Händen.

Maike verdrehte die Augen, stand auf und ging in die Küche. Auf der Küchenzeile lag es nicht, auch nicht auf dem Tisch oder dem Fensterbrett.

»Wir müssen auf jeden Fall am Hafen ein Fischbrötchen essen und einmal durch die Speicherstadt schlendern«, schlug Zoe vor. Sie war ihr in die Küche gefolgt, öffnete den Kühlschrank, nahm die Weinflasche heraus und schenkte sich nach. »Und wir müssen noch eine hippe Hamburger Cocktailbar raussuchen, um deinen 40. Geburtstag am Samstag nach dem Konzert gebührend zu feiern.«

»Wir zwei können gern auf meinen Geburtstag anstoßen«, erwiderte Maike. »Hauptsache es gibt keine Party. Die 40 kann mich mal.«

Zoe atmete tief durch und grinste.

Maike schnitt ihr eine Grimasse und lief ins Schlafzimmer. Sie durchwühlte ihre Bettdecke und schaute unters Kopfkissen. Zoe erschien im Türrahmen und beobachtete sie.

»Kannst du mich bitte mal anrufen?«, fragte Maike.

Ihre Schwägerin aka beste Freundin biss sich auf die Lippen und unterdrückte ein Lachen. Sie zog ihr Smartphone aus der Gesäßtasche ihrer engen weißen Jeans, und tat ihr den Gefallen. Aber es war kein Klingelton zu hören.

»Entweder hast du es lautlos gestellt oder in der Wache vergessen.« Zoe zuckte mit den Achseln. »Oder auch dieser Akku ist leer.«

»Wenn ich das Ding noch lange suchen muss, ist meiner auch gleich leer«, entgegnete Maike und rieb sich die Stirn. In Gedanken ging sie durch, wo sie ihr Smartphone das letzte Mal genutzt hatte. Dann hob sie triumphierend den Zeigefinger. »Ich weiß es wieder.«

Sie drängte sich an Zoe vorbei durch die Tür. Auf dem winzigen Waschbecken in ihrer Toilette wurde sie fündig.

Während sie ins Wohnzimmer zurückkehrte, entsperrte sie das Display und bekam drei verpasste Anrufe von Jens angezeigt. Da er es mehrfach in kurzer Zeit versucht hatte, ahnte sie, dass er nicht als Freund, sondern als ihr Chef angerufen hatte.

»Ich befürchte, es gibt Arbeit«, sagte Maike und ließ sich mit Zoe wieder auf der Couch nieder. Dann rief sie Jens zurück und drückte auf das Lautsprecherzeichen.

»Wenn ich dich nicht so gut leiden könnte, würde ich dir jetzt den Kopf abreißen«, meldete er sich, ohne ein Wort der Begrüßung. »Ist dein Handy kaputt, oder was ist los?«

Normalerweise war sie um keine schlagfertige Antwort verlegen, aber Erwin, der zweimal in der Woche in Niederteerbach die Nachtschichten auf der Wache übernahm, war gerade krank und deshalb hatte Maike gerade Bereitschaft. Dummerweise hatte sie vergessen, den Ton wieder einzuschalten, den sie heute Mittag wegen der ständigen Anrufe von Sabine Graefe abgestellt hatte. Die Bürgermeisterin lag ihr momentan wegen des digitalen Archivs in den Ohren und brauchte ständig irgendwelche Akten und Antworten. Da half es manchmal nur, ihre Anrufe zu ignorieren.

»Sorry, mein Fehler«, sagte Maike. »Wo brennt es denn?«

Er atmete tief durch. »Waldemar hat einen menschlichen Knochen im Niederteerbacher Wald gefunden.«

Sie hob die Augenbrauen. »Wer?«

»Der Dackel von den Eheleuten Heike und Christian Zumwinkel.«

»Ach, die kenne ich. Die wohnen am Ortsausgang und haben sich über den Bau des Spa-Centers und die Lärmbelästigung beschwert. Gabi vermittelt da ständig in einem Nachbarschaftsstreit. Heißt ihr Hund nicht Waldi?«

»Es ist mir ehrlich gesagt total egal, wie der Hund heißt«, entgegnete Jens. »Tatsache ist, dass zu einem Knochen andere gehören. Wir riegeln am Fundort gerade alles ab. Ein Spürhund ist im Einsatz und Walther Pöller und sein Team sind alarmiert. Nur unsere Kriminalhauptkommissarin fehlt.«

Maike seufzte. »Ich bin so gut wie da.«

»Gut. Und halt mich auf dem Laufenden.«

»Mach ich. Schickst du mir die Koordinaten?«

»Längst passiert, Frau Pech. Schau in deine Nachrichten. Also beeil dich!« Jens legte auf.

»Das war es dann wohl mit unserem Mädelsabend«, sagte Zoe und stellte ihr halb leeres Weinglas auf den Tisch.

»Ich hätte nichts dagegen, wenn du mich begleitest«, erwiderte Maike und rief Jens' Nachricht mit den Fundort-Koordinaten auf. »Da könntest du dir den Knochen schon mal ansehen.«

»Ich habe gehofft, dass du mich darum bittest.« Zoe rieb sich die Hände. »Lass uns aufbrechen.«

Sie ging voraus, zog im Flur ihre eleganten braunen Stiefel an, nahm ihren Mantel vom Haken und reichte Maike den Parka. Die bunte Ohrenklappenmütze ließ sie hängen, Maike griff jedoch danach und zog sie sich auf den Kopf.

»Ich hab die Befürchtung, dass du damit deine Autorität untergräbst«, sagte Zoe, während sie im Treppenhaus nebeneinander die Stufen hinabliefen.

»Pöller kennt meine Mütze schon«, entgegnete Maike.

Als sie durch die Haustür nach draußen traten, stob ihnen eisiger Wind ins Gesicht. Im Licht der Straßenlaternen glitzerte der angefrorene Reif auf dem Kopfsteinpflaster. Um diese Uhrzeit war bei den Minusgraden kein Mensch mehr unterwegs.

»Kann ich es mir noch anders überlegen und in deiner warmen Wohnung auf dich warten?« Zoe hakte sich bei ihr unter. Auf ihren dünnen Sohlen schlitterte sie mehr, als dass sie lief. Da war Maike mit ihren Boots besser dran.

»Nix da, du kommst schön mit. Seit wann lässt du dir eine Leichenschau entgehen?« Maike pustete warme

Atemluft in ihre Handflächen und rieb sie aneinander. Ihre Handschuhe lagen im Auto, das wie immer auf dem Revierparkplatz stand.

Zoes Antwort war ein übermäßiges Zähneklappern.

Die Scheiben des braunen Nissan Cube waren von einer dünnen Eisschicht überzogen. Maike startete den Motor und nahm ihre Handschuhe vom Armaturenbrett. Mit vereinten Kräften kratzten sie die Fenster frei und fuhren schließlich Richtung Wald.

»Was wissen wir über den Fall bis jetzt?«, fragte Zoe.

Maike saß durch die Kälte so verkrampft, dass ihre Schultern schmerzten. »Waldi hat einen Knochen gefunden.«

Zoe schaute zu ihr hinüber.

»Okay. Anders gefragt: Arbeiten die Besitzer vom Waldi in medizinischen Berufen?«, fragte Zoe.

Maike hob die Augenbrauen und sah sie an. »Nicht, dass ich wüsste. Was spielt das denn für eine Rolle?«

»Wenn sie sich anatomisch nicht auskennen, den Knochen aber dennoch einem Menschen zuordnen konnten, wird es sich vermutlich um einen Hauptknochen handeln.« Sie tippte sich mit der behandschuhten Hand gegen das Kinn. »Oder wir haben es nicht nur mit Skelettteilen, sondern mit Leichenteilen zu tun.«

Maike gab einen gespielten Würgelaut von sich. »Na toll, zum Glück habe ich heute nicht viel gegessen.«

Die restliche Fahrt verbrachten sie schweigend. Sie folgten der Ansage des Navis, verließen die Straße und bogen auf einen Waldweg ein. Durch den unebenen Boden wurden sie im Auto ordentlich durchgerüttelt. Die Finsternis verbreitete eine gruselige Atmosphäre. Im Lichtkegel der Scheinwerfer ragten die Bäume wie

Schattenwesen neben ihnen auf. Maike war froh, als sie nach einer Kurve eine weitere Lichtquelle sah.

Beim Näherkommen erkannte sie einen Streifenwagen, in dem zwei Polizisten saßen. Die drei Transporter von Walther Pöller und seinem Team standen hinter einem Absperrband, ebenso ein weiteres Fahrzeug, das zur Hundestaffel gehörte. Als Zoe und sie ausstiegen, verließen die zwei Beamten ebenfalls ihr Auto und kamen auf sie zu.

»Kriminalhauptkommissarin Maike Pech«, stellte Maike sich vor und zückte ihre Marke. »Rechtsmedizinerin Zoe Iyeke Schwäfel aus Köln begleitet mich.«

Die Männer nickten ihnen zu.

Sie deutete mit dem Kinn zum Absperrband. »Wurden weitere Knochen oder Überreste gefunden?«

»Die sind da erst vor zehn Minuten rein«, erwiderte einer der beiden und zog sich im Nacken den Kragen hoch.

»Wo sind die Zeugen?«, hakte Maike nach.

»Die waren total durchgefroren«, sagte der andere und kramte aus der Innentasche seines Anoraks einen Zettel hervor. »Wir haben sie nach Hause geschickt. Das sind ihre Kontaktdaten.«

Sein Kollege strich sich über die Ärmel, wippte auf und ab. »Hier draußen friert man sich echt die Eier ab.«

Maike schmunzelte. »Kann ich nicht nachvollziehen. Können wir uns auf den Arsch einigen?«

Er grinste breit.

»Ich hab immer ein paar Schutzanzüge im Auto«, sagte sie an Zoe gewandt, ging zum Kofferraum und reichte ihr einen. Nachdem sie auch Schuhüberzieher übergestreift hatten, holte sie die Taschenlampe aus dem Handschuhfach. Die zwei Beamten hatten sich inzwischen wieder in den Streifenwagen zurückgezogen und ließen für die Heizung den Motor laufen.

Zoe hielt das Absperrband hoch, damit sie hindurchschlüpfen konnten. Nur die Taschenlampe und der sichelförmige Mond spendeten ihnen in der Dunkelheit des Waldes etwas Licht. Sie hörten einen Hund bellen und bemerkten kurz darauf eine weitere Lichtquelle, in der sich dunkle Gestalten bewegten.

»Ich spür schon jetzt meine Finger nicht mehr«, hörten sie Walter Pöller in seinem typischen kölscher Dialekt klagen, noch bevor sie am Fundort eintrafen.

Die Spurensicherung hatte einen Stromgenerator für die Strahler aufgestellt, die in einer Mulde den Waldboden ausleuchteten. Die Szenerie erinnerte Maike an archäologische Ausgrabungen. Pöller und sein Team hockten in Schutzkleidung im Dreck und legten mit Spateln und kleinen Bürsten Stück für Stück ein Leichenteil frei.

Maike stieß hörbar die Luft aus. »Na super. Das wird ein Puzzlespiel.«

Walter Pöller stampfte über den unebenen Boden auf sie zu. »Was hat Sie denn aufgehalten, Frau Kollegin? Haben Sie heißen Tee für uns gekocht?« Er drehte sich zu den anderen um, ohne auf eine Antwort zu warten. »Gegen ein Zelt und Heizstrahler hätte auch keiner was einzuwenden.«

»Ich habe eher an ein Lagerfeuer gedacht«, erwiderte Maike, sah Zoe an und zwinkerte ihr zu. »Holst du bitte noch die Kuscheldecken aus dem Auto?«

Pöller verdrehte die Augen. »Haha.«

Maike ging an ihm vorbei und hockte sich neben einen seiner Kollegen.

»Ach, Pöllerchen«, hörte sie Zoe sagen. »Welche Laus ist Ihnen denn über die Leber gelaufen?«

»Ihnen wird der Humor auch noch vergehen, wenn Ihnen Eiszapfen aus der Nase wachsen.«

»Sehen Sie das Wetter doch mal von der guten Seite.« Mit Pöller im Schlepptau kam Zoe ihr nach. »Im Sommer wären hier jetzt massenweise Insekten am Start.«

Er gab ein versöhnliches Grummeln von sich.

»Wurde der Kopf schon gefunden?«, fragte Maike in die Runde.

Pöller rieb sich an seinem Ärmel die Nase. »Wir haben gerade erst angefangen. Dass der oder die Tote zerstückelt wurde, brauche ich wohl nicht zu erwähnen. Leider hat uns der Täter die Leichenteile nicht auf einem Silbertablett angerichtet.« Er stockte und verzog den Mund. »Bei den gegebenen Wetterbedingungen ist die Bergung äußerst schwierig. Der Boden ist stellenweise gefroren. Das verrottete Laub lässt Schuhabdrücke ebenfalls kaum erkennen. Und außerdem waren hier schon Wildtiere am Werk.«

»Lässt sich sagen, welche Tiere?«, fragte Zoe.

»Eine Wildschweinrotte, Füchse, Marder, Vögel ...«, antwortete er. »Wären wir auch nur einen Tag später gekommen, wäre vermutlich nicht mehr viel übrig geblieben. Sie haben die Überreste gewittert, teilweise ausgegraben, gefressen und auch verschleppt.«

»Das müssen wir später bei unserer Arbeit im Obduktionssaal berücksichtigen«, sagte Zoe.

»Wie ist dein erster Eindruck?«, erkundigte sich Maike.

»Kann ich bitte mal ein paar Gummihandschuhe haben?«

Pöller ging zu einem Metallkoffer und gab ihr welche.

Zoe tauschte ihre Wollhandschuhe gegen die aus Latex, hockte sich hin und nahm einen Knochen von der ausgebreiteten Folie, auf der sie zwei bisher gefundene Leichenstücke drapiert hatten. Die Anwesenden unterbrachen ihre Arbeit und beobachteten sie.

»Niedrige Temperaturen, Tierfraß, ich nehme an, postmortale Zerteilung. Viele Faktoren; nicht viel übrig«, sagte sie in Gedanken. »Bei den Temperaturen ist keine Grünfäule zu erwarten, die noch erhaltene Haut sieht eher rosa aus.« Sie legte den Knochen zurück. »Das ist jetzt eine reine Schätzung. Wenn die Tiere das Fleisch einmal gewittert haben, wird nichts davon eingeteilt. Dann ist die Grabstelle nachts wie ein Magnet. Unter Berücksichtigung der gegebenen Umstände gehe ich davon aus, dass die Körperteile hier ein, höchstens zwei Tage liegen. Der Todeszeitpunkt kann anhand der Haut- und Fleischbeschaffenheit allerdings bis zu einer Woche zurückliegen. Konkretes kann ich erst sagen, wenn ich die Leichenteile auf meinem Seziertisch habe.«

Maike nickte und ließ ihren Blick über den aufgewühlten Erdboden schweifen. »Dann dürfen wir keine Zeit verlieren.« Sie wandte sich an Zoe. »Kann ich dich vielleicht dazu überreden, dass du dir die Überreste noch diese Nacht im Institut genauer ansiehst?«

Zoe begutachtete einen abgefressenen Knochen. »Du hattest schon immer die besten Ideen.«

»Sehr gut. Dann kontaktiere ich gleich die Staatsanwaltschaft und hole mir eine dringliche Genehmigung ein.« Maike klopfte Walther Pöller auf die Schulter. »Verpacken Sie bitte die bisherigen Fundstücke und lassen Sie diese ins rechtsmedizinische Institut nach Köln bringen. Den Rest können Sie nachliefern.«

»Klingt, als wäre ich vom Paketdienst oder Pizzaservice.« Er zog die Nase hoch. »Ich sollte wirklich über eine Umschulung nachdenken.« Sein Tonfall war ernst, doch dann zwinkerte er ihr zu.

Maike wollte sich gerade abwenden, da hörte sie in der Nähe wieder einen Hund bellen. Sie drehte sich um und sah einen Hundeführer auf sich zukommen, der eine Stirnlampe trug und seinen Schäferhund eingehend lobte.

»Herr Pöller«, rief er. »Artax hat hier wieder was gefunden.«

»Dann hoffen wir mal, dass es keine zweite Leiche ist«, sagte dieser und seufzte.

2. Kapitel

Zoe fuhr in ihrem eigenen Auto zurück nach Köln, Maike folgte ihr in ihrem Nissan. Von unterwegs rief Zoe ihren Kollegen Thomas Schmitt an, der ihr versprach, sich sofort auf den Weg zu machen. Ihre Assistentin Mira Tierbach konnte sie nicht erreichen, daher schrieb sie ihr eine Nachricht. Als Zoe schließlich mit Maike den Obduktionssaal betrat und das Licht einschaltete, ging eine Sprachnachricht von Mira auf ihrem Handy ein.

»Hab deine Nachricht jetzt erst gehört. Bin so gut wie auf dem Weg. Zum Glück war ich als Fahrerin eingeplant und hab nichts getrunken. Bis gleich.« Im Hintergrund waren Stimmengewirr und Musik zu hören, was Zoe daran erinnerte, dass Mira heute eine Karnevalssitzung besuchen wollte.

Maike hatte den Saal nach zwei Sekunden bereits wieder verlassen. Zoe ging auf den Flur und sah dort nach ihr.

»Alles gut bei dir?«

Maike kräuselte die Nase. »Ja, klar. Ich muss mir den Geruch da drinnen nur noch nicht antun, bevor es losgeht.« Sie lehnte mit dem Rücken an der Wand und tippte auf ihr Smartphone.

Zoe schmunzelte. »Es ist doch gerade gar keine Leiche drin.«

»Es riecht trotzdem nach verfaultem Fleisch, und dass es sich mit dem Geruch von Desinfektionsmittel mischt, macht es nicht besser.«

Am Ende des Ganges schob ein Mann einen Etagenwagen aus Edelstahl durch die Schwingtür, auf dem gefüllte Plastiktüten lagen.

»Da kommt unsere erste Lieferung«, sagte Zoe, nahm Hauben und einen Kittel aus dem Regal neben der Tür und reichte ihn Maike. Sie selbst legte OP-Kleidung an und schlüpfte in Gummischuhe.

»Hast du die Genehmigung von der Staatsanwaltschaft inzwischen erhalten?«, fragte sie Maike, nickte dem Kollegen zu und übernahm den rollenden Etagenwagen.

»Ja, wir haben grünes Licht von Sandro Grasso. Er hat trotz des späten Anrufes überraschend freundlich und kooperativ reagiert. Er will sogar vorbeikommen und sich selbst ein Bild von der Lage machen.«

»Alles klar.« Zoe rollte den Wagen vor Maike in den Obduktionssaal. »Wir können ja schon mal auspacken.«

Maike schnalzte mit der Zunge. »Glaub mir, das überlasse ich ganz allein dir. Ich schaue nur zu.« Sie bemühte sich auffällig, nur durch den Mund zu atmen.

»Bei den angetauten Körperteilen wird sich der Gestank in Grenzen halten«, beruhigte sie Maike.

»Hab ich schon was verpasst?« Thomas Schmitt kam herein, als sie die erste Plastiktüte auf den Seziertisch ablegte. Er gähnte und nickte beiden zur Begrüßung zu.

»Du kommst genau zum richtigen Zeitpunkt.« Zoe schnitt die Tüte auf. »Mal schauen, was wir hier haben. Schon sicher ist, es sind nur Einzelteile.«

Thomas gähnte erneut und sah sich um. »Wo ist Mira?«

»Die wird sich leicht verspäten. Lass uns ohne sie anfangen.«

Er ging zu einem Schrank, nahm ein Diktiergerät heraus und schaltete es an. Dann nannte er Datum, Uhrzeit und die Namen der Anwesenden.

»Fundort von Leichenteilen bei Minusgraden im Wald«, erläuterte Zoe. »Bei diesen Temperaturen wird die Ruhe der Toten nicht von Schmeißfliegen und Käfern gestört. Daher ist kein Insektenbefall für die Bestimmung des Todeszeitpunktes möglich. Nach erster Einschätzung vor Ort sind die Leichenteile seit etwa ein bis zwei Tagen vergraben gewesen, von Wildtieren teilweise freigelegt und angefressen. Der Todeszeitpunkt liegt etwa drei bis vier Tage zurück. Die Zerstückelung hat Zeit in Anspruch genommen.« Sie betrachtete die zwei parallel zueinander verlaufenden Röhrenknochen. »Hier haben wir Tibia und Fibula.«

Maike räusperte sich. »Was? Bibi und Tina? Bitte so, dass ich es auch verstehe.«

»Tibia und Fibula: Das ist ein Unterschenkel«, sagte Zoe, ohne von dem Körperteil aufzusehen. Aus Gewohnheit wollte sie zur Pinzette greifen – und realisierte wieder, dass Mira noch nicht anwesend war. Demzufolge war kein Beistelltisch mit dem notwendigen Obduktionsbesteck bereitgestellt worden.

Wie auf Kommando wurde die Tür aufgerissen und eine Person mit grünen, auftoupierten Haaren und einem lila Mantel stürmte herein. Zoe zuckte zusammen bevor sie unter der Verkleidung Mira erkannte.

»Ach du Scheiße«, stieß Thomas aus und sah sie kopfschüttelnd an.

Mira schlüpfte hastig aus dem Mantel. Darunter trug sie eine lila gestreifte Hose, eine grüne Satinweste und einen Schlips, den sie sich über den Kopf zog, bevor sie einen weißen Kittel überwarf. »Ich bin gekommen, so schnell ich konnte«, versicherte sie und kam zu ihnen an den Sektionstisch.

Nach wie vor starrten sie alle an. Ihr Gesicht war mit weißer Clowns-Schminke bedeckt, die Augen kreisrund bis zu den Augenbrauen geschwärzt, und die Stirnfalten dunkel nachgezogen. Den skurrilsten Eindruck machte jedoch ihr Mund, der mit knallrotem Lippenstift verschmiert und bis auf die Wangenpartien überzeichnet worden war, wo die roten Linien wie genähte Wunden wirkten.

Maike prustete los. »Kommt Batman jetzt auch gleich um die Ecke?«

Sie hatte kaum zu Ende gesprochen, da klopfte es an der Tür.

»Das ging schnell«, flüsterte sie mit Blick auf Zoe.

Staatsanwalt Grasso betrat den Raum.

»Guten Abend allerseits ...«, grüßte er zögerlich.

»Der Staatsanwalt hat darum gebeten, die Obduktion zu begleiten«, erklärte Maike den anderen. Dann wandte sie sich Grasso zu. »Schön, dass Sie schon da sind. Wir wollten gerade loslegen. Haben Sie einen Parkplatz für Ihr Batmobil gefunden?«

Er hob die Augenbrauen. »Wie bitte?«

Maike deutete auf Mira. Die stand seitlich von ihnen vor einem Edelstahlschrank und streifte sich Handschuhe über. Grasso schien beeindruckt von dem Kostüm zu sein und nickte ihr anerkennend zu.

»Ich komme von einer Karnevalssitzung.« Mira schaute glücklich in die Runde.

»Da wären wir nicht draufgekommen.«

»Reichst du mir bitte das Obduktionsbesteck?«, forderte Zoe sie auf und rief damit allen in Erinnerung, warum sie eigentlich hier waren.

Mira machte sich an die Arbeit, ebenso wie Zoe, die sich wieder über den Unterschenkel beugte.

»Die vordere Schienbeinsehne ist noch vorhanden«, erläuterte Zoe fürs Protokoll.

»Kannst du etwas über das Geschlecht und Alter sagen?«, fragte Maike.

Zoe schüttelte den Kopf. »Nicht anhand dieses Knochens.« Sie sah zu Thomas. »Nimmst du bitte Gewebeproben? Mira und ich schauen nach, was wir in den übrigen drei Tüten finden.« Sie deutete zum Nachbartisch, der gerade unbenutzt war. »Lass uns hier alles nebeneinander auspacken.«

Zum Vorschein kamen ein weiterer Unterschenkel und zwei Füße.

»Tja, mit *Finger*abdrücken kann ich dir heute nicht dienen, siehst du ja selbst.«

»Pastellrosa lackierte Fußnägel«, kommentierte Maike das, was sie sah.

»Und die Knochen sind eher klein und schmal.« Zoe nahm die Pinzette vom Beistelltisch und hob einen Hautfetzen an, der am Unterschenkel herunterhing. Dieser war vermutlich tiefer vergraben gewesen und von Tierfraß weitestgehend verschont geblieben. »Epilierte Haut, geringer Haarwuchs –«

»Ich tippe auf eine Frau«, unterbrach Maike sie.

»Ach, echt? Wäre ich nicht drauf gekommen.« Zoe warf ihrer Freundin einen kurzen Blick zu. »Sie war sportlich. Langer und kurzer Wadenmuskel sind deutlich ausgeprägt.«

»Vielleicht ist sie im Wald gejoggt und der Täter hat ihr dort aufgelauert«, warf Mira ein.

»Der Fundort ist nicht der Tatort«, sagte Maike. »Das hat Walter Pöller bereits festgestellt.«

»Können Sie schon einen Verdacht zur Todesursache äußern?«, erkundigte sich Grasso aus sicherer Entfernung. Er sah Zoe an.

»Nein, dafür ist es zu früh. Bisher stehen uns keine Organe zur Verfügung und ich gehe davon aus, dass die Wildtiere sich zuerst über die Innereien hergemacht haben und wir deshalb auch keine mehr finden werden. Ohne die könnte es schwer werden, eine Todesursache zu ermitteln.«

Sie ging zu dem anderen Sektionstisch, an dem Thomas gerade eine Probe vom Muskel nahm und diese in ein Glasröhrchen gab, das Mira ihm reichte. »Wir müssen abwarten, was die forensische Toxikologie ergibt«, sagte er und rückte seine Nickelbrille zurecht.

»Kommt schon, was habt ihr noch für mich?«, schaltete sich Maike wieder ein. »Wo kann ich bei der Mordermittlung ansetzen?« Sie stand ihnen gegenüber auf der anderen Seite des Tisches. Ihre Stirn lag in Falten, als würde sie angestrengt nachdenken. Vielleicht hatte sie auch einfach nur Kopfschmerzen vom Anblick der Leichenteile.

Zoe strich mit ihrem behandschuhten Zeigefinger über das Ende des Schienbeinknochens, bat Mira um eine Lupe und betrachtete die Absplitterungen.

»Die Leiche wurde wahrscheinlich mit einem Beil zerteilt«, sagte sie. »Und zwar nicht besonders fachmännisch.«

Grasso, der keine Schutzkleidung trug und sich im Hintergrund hielt, kam einen Schritt näher. »Wie meinen Sie das?«

»Der Täter war eher kein Schlachter oder Chirurg«, erklärte sie.

Maike massierte sich die Schläfe. »Es kann auch im Wahn geschehen sein, da macht sich der Mörder über die Vorgehensweise keine Gedanken. Oder es waren mehrere Täter?«

Zoe schaute zum Nachbartisch, wo Mira Fotos von den darauf liegenden Leichenteilen machte. Ihre karnevalsgrünen Haare schimmerten unter der transparenten OP-Haube. Das geschminkte Gesicht des durchgeknallten Clowns wirkte im Obduktionssaal überaus makaber.

Sie schüttelte den Kopf und zwang sich zur Konzentration. »Wir untersuchen die Knochen jetzt auf Verletzungen, die eventuell auf eine äußerliche Gewalteinwirkung schließen lassen«, schilderte sie das weitere Vorgehen. »Es werden außerdem weitere Leichenteile gebracht, die uns neue Hinweise liefern können. Ein Kopf wäre zum Beispiel für die Identifizierung ganz hilfreich.«

Maike ging um den Sektionstisch herum und betrachtete nochmals die Körperteile. »Ich glaube nicht, dass der Kopf gefunden wird. Zumindest nicht im Wald, bei den anderen Überresten. Das passt nicht zu einem Täter, der sein Opfer zerstückelt und es weiträumig verteilt. Entweder hat er den Kopf als Trophäe behalten oder er hat ihn an einem anderen Ort entsorgt, um uns die Identifizierung zu erschweren.«

Zoe erinnerte sich an den Hundeführer, der auf eine weitere Fundstelle hingewiesen hatte. »Rechnest du mit einer zweiten Leiche?«, fragte sie an Maike gewandt. »Wegen des Spürhundes, meine ich.«

Sie zuckte mit den Schultern. »Ob es die gibt, wirst du eher wissen als ich, nämlich dann, wenn du plötzlich drei Füße auf deinem Seziertisch liegen hast. Ich hoffe vor allem darauf, dass der Hund eine Spur zum Täter findet.«

»Ich hab mal gehört, dass manche Spürhunde aus fünfzig Metern Entfernung gegen den Wind riechen können, ob eine Frau ihre Periode hat«, sagte Thomas und schaute Maike über den oberen Rand seiner Nickelbrille an.

»Aha.« Maike zog sich die OP-Haube vom Kopf, nickte allen zu und ging zur Tür.

»Was werden Sie jetzt tun?«, fragte Grasso.

Maike drehte sich um. »Bisher weiß ich nur, dass es sich um eine Tote handelt, die zu Lebzeiten vielleicht eine Joggerin war und wahrscheinlich mit einem Beil zerteilt wurde.« Sie streifte die Handschuhe ab und warf sie in einen Abfallbehälter. Der Kittel landete im Wäschesack neben der Tür. »Momentan kann ich nur die Vermisstenanzeigen durchgehen. Aber eigentlich kann ich mir das ohne jegliche Alterseinschätzung auch schenken.«

Zoe seufzte. Sie nahm noch einmal die Pinzette zur Hand und betrachtete das Hautstück an einem Unterschenkel. »Ich vermute, die Frau war zwischen 30 und 40 Jahre alt. Aber diese Angabe ist ohne Gewähr.«

3. Kapitel

Nach nur drei Stunden Schlaf verließ Maike um 7 Uhr morgens ihre Wohnung und machte sich auf den Weg ins Revier. Ausnahmsweise spürte sie nach dem Zuschlagen der Haustür nicht den stechenden Blick ihres Vermieters im Rücken. Heute hätte sie sich darüber gefreut, um ihn noch mal auf die Heizung anzusprechen, die zunehmend lauter gurgelte.

Harry stemmte den Fensterladen seiner Imbissbude auf und quatschte nebenbei mit den Tachmoinern, die jeden Tag seine ersten Kunden waren. Maike mochte die beiden zugezogenen Rentner, was allein schon daran lag, dass sie ehemalige Polizisten waren. Bruno stammte aus Berlin, Gunnar aus Hamburg. Da sie immer mit »Tach« und »Moin« grüßten, hatten sie hier schnell ihren gemeinsamen Spitznamen erhalten.

Ihr kam gelegen, dass die drei Männer nicht bemerkten, dass sie den Marktplatz überquerte. Sie ließ sich immer wieder gern auf einen Plausch mit Harry, Gunnar und Bruno ein, aber heute hatte sie es eilig. Sie war fest entschlossen, die Identität der Toten herauszufinden.

Die vorüberziehende Wolkendecke ließ gelegentlich den blauen Himmel und die Sonne hindurchscheinen – eine Wohltat nach der eiskalten Nacht. Die Temperatur bewegte sich in den Plusgraden und der Wind hatte deutlich nachgelassen.

Dennoch war Maike froh, als sie das Rathaus erreichte und schließlich in der Wache eintraf. Es war seltsam, wenn sie morgens die Erste war und aufschließen musste. Lukas hatte sich ein paar Tage Urlaub genommen und war mit seinen Eltern zur Hochzeit seiner Cousine in die Türkei geflogen. Sie warf einen Blick auf seinen leeren Arbeitsplatz. Normalerweise wäre er längst aufgesprungen und eifrig auf sie zugeeilt. In seiner perfekt sitzenden Uniform gab Lukas stets das klassische Bild des wissbegierigen Neulings ab. Sie konnte sich immer auf ihn verlassen und musste sich eingestehen, dass sie ihn vermisste.

In ihrem Büro zog sie die bunte Ohrenklappenmütze vom Kopf und strich sich die blonden Haare hinter die Ohren. Den Parka hängte sie über die Stuhllehne, dann setzte sie sich an ihren Schreibtisch und schaltete den Computer an.

»Dann schauen wir mal, ob wir etwas über dich herausfinden«, sagte sie zu sich selbst und rief die Vermisstenanzeigen auf. Bis ihr Pöller und Zoe neue Erkenntnisse lieferten, wollte sie sich auf vermisst gemeldete Frauen im Umkreis von Köln beschränken.

»Einen wunderschönen guten Morgen«, wünschte Gabi, als sie das Büro betrat.

Maike roch den frischen Kaffee, noch bevor Gabi den Becher neben ihr auf dem Schreibtisch abstellte. Sie musste an Thomas Schmitts Aussage über den Geruchssinn der Spürhunde denken und war sich sicher, in Bezug auf Kaffee eine ähnliche Begabung zu haben. Den Unterschied zwischen dem scheußlichen Revierkaffee und dem leckeren von Harry könnte sie problemlos auf 50 Meter erschnüffeln.

Gabi unterbrach Maikes abschweifende Gedanken, die eindeutig der schlaflosen Nacht geschuldet waren.

»Mit lieben Grüßen von meinem Harry«, sagte sie und wickelte sich den übertrieben langen Schal vom Hals.

»Was würde ich nur ohne euch beide machen?« Maike nahm den Deckel vom Becher und trank einen Schluck.

»Ich habe uns für heute Mittag ein paar Brote geschmiert und selbst gebackenen Kuchen mitgebracht. Ein neues Rezept. Ich bin gespannt, wie der schmeckt.«

Maike drehte sich in ihrem Schreibtischstuhl zu ihr um. »Ich stehe dir jederzeit als Verkosterin zur Verfügung.«

Gabi lächelte, legte den Kopf schräg und verengte die Augen. »Du siehst müde aus.«

Kaum hatte sie das ausgesprochen, musste Maike gähnen. »Ich hab letzte Nacht nicht viel geschlafen.« Sie berichtete ihr vom Fund der Leichenteile.

Gabi hielt sich die Hand auf die Brust. »Die arme Frau. Und ausgerechnet in unserem schönen Wald!«

»Bei ›unserem‹ bin ich mir noch nicht ganz sicher«, entgegnete Maike. »Da könnte der Willi Herzog noch eine Meinung haben.«

Wilhelm Herzog war der Bürgermeister von Oberteerbach und suchte schon lange nach einer Möglichkeit, Niederteerbach zu schaden und seinen Ort dadurch hervorzuheben. Er und die Graefe lieferten sich regelmäßig eine Art Dorf-Battle.

Gabi sah sich gehetzt um. »Jetzt erwähn doch nicht so früh am Morgen schon den Namen. Wenn sie« – dabei zeigte Gabi Richtung Himmel – »das hört, kommt sie runter.«

»Die Rachegöttin höchstpersönlich«, sagte Maike.

Bei dem Gedanken an Frau Graefe beschloss sie jedoch, den Namen des Bürgermeisters von Oberteerbach nicht mehr zu erwähnen. Solange es um einen Leichenfund ging, würden wahrscheinlich *beide* die Zugehörigkeit des Waldes zum eigenen Ort abstreiten.

Nach einem tiefen Seufzen nippte Gabi an ihrem Kaffee. »Der Waldi, die alte Spürnase. Ich hab gerade eine Anzeige auf dem Tisch liegen, weil er unerlaubterweise ins Nachbargrundstück vorgedrungen ist und sich dort mit der Jack-Russell-Dame von Herrn Kolditz amüsiert hat. Der will jetzt, dass die Zumwinkels sich um die Welpen kümmern und die Kosten tragen.«

Maike verdrehte die Augen. »In Niederteerbach wird es eben nie langweilig. Selbst die Hunde haben mehr Spaß als ich.« Sie musste unweigerlich an Philipp denken. »Aber ich hole auf.«

Trippelnde Schritte näherten sich auf dem Gang, begleitet von Sabine Graefes und Ingo Brandts Stimmen. Maike zuckte zusammen. Das war Karma. Sie hätten nicht über Willi Herzog sprechen sollen.

Eine Sekunde später schneite die Bürgermeisterin, natürlich ohne zu klopfen, herein. »Frau Pech, ich muss dringend mit Ihnen sprechen.«

Maike lächelte gequält. »Ich weiß, ich weiß. Das digitale Archiv. Sobald ich die Zeit dafür finde, werde ich Ihnen die nötigen Akten bringen. Aber vorerst muss ich mich um einen neuen Mordfall kümmern.«

»Schschsch …« Die Graefe legte sich einen Finger auf die Lippen. »Genau darum geht es.«

Sie schaute sich zu dem Dorfjournalisten um, der mit ihr zusammen eingetroffen war. Ingo Brandt stand noch auf dem Gang. Sabine Graefe zog ihn zur Tür herein und verschloss sie hinter sich.

»Der gestrige Leichenfund darf unter keinen Umständen publik gemacht werden«, flüsterte die Bürgermeisterin.

»Genau genommen handelt es sich nicht um eine Leiche, sondern um einzelne Körperteile, die –«

»Schschsch ... bitte, keine Details.«

Maike runzelte die Stirn. Seit wann verzichtete die Graefe auf Informationen? Erst recht, wenn Ingo Brandt anwesend war?

»Die Eröffnung des neuen Spa-Centers steht kurz bevor«, sagte Brandt und strich sich am Oberkopf über sein speckiges Haar. »Schlechte Nachrichten müssen verhindert werden. Es könnten sonst hochrangige Gäste ihr Kommen zur Einweihungsfeier absagen.«

»Wer bitte will denn für so was nach Niederteerbach kommen?«, fragte Maike kaum hörbar in Gabis Richtung.

Die zuckte mit den Schultern. »Vielleicht der Armin Laschet, der hat ja jetzt mehr Zeit.«

Sabine Graefe tupfte sich mit den Fingern den Schweiß von der Oberlippe. Maike erinnerte sich, dass Gabi ihr von Frau Graefes hormonbedingten Hitzewallungen erzählt hatte, über die sie in einem schwachen Moment geklagt hatte. War der Schweiß ein Anzeichen der Wechseljahre oder stand die Frau so sehr unter Druck? Fast tat sie Maike leid.

»Nicht auszudenken, was für einen Rückschlag das für Niederteerbachs öffentliches Ansehen bedeuten könnte«, sagte die Graefe, hielt vor der Brust die Handflächen aneinander und kam einen Schritt auf Maike zu. »Versprechen Sie mir, dass Sie den Fall so lange wie möglich unter Verschluss halten.«

»Äh, machen Sie sich da mal keine Sorgen. Ich habe es sowieso nicht so mit Stellungnahmen.« Maike warf einen kurzen Blick zu Ingo Brandt. »Auf die Kölner Pressestelle habe ich allerdings keinen Einfluss.«

Die Bürgermeisterin strich sich den schwarzen Rock glatt und begann in Maikes kleinem Büro auf und ab zu gehen. »Das ist für Willi ein gefundenes Fressen. Da hat der Herr Bürgermeister wieder eine Möglichkeit, Niederteerbach und mich in den Schmutz zu ziehen.« Sabine Graefe schnaufte. »Aber soll er nur kommen. Oberteerbach wird bald nur noch ein unbedeutender Ortsteil von Niederteerbach sein.«

Maike verschränkte die Arme vor der Brust. »Das hört sich nach einem richtigen Dorf-Battle an.«

Die Graefe erstarrte. »Niederteerbach ist viel mehr als nur ein Dorf. Meiner harten Arbeit und Hartnäckigkeit ist es zu verdanken, dass wir schon bald als Urlaubsort für Entspannung und Ruhe in ganz Deutschland und über die Grenzen hinaus bekannt sein werden.«

Um sich vom Lachen abzuhalten, biss Maike sich innen auf die Wangen und nickte überschwänglich. »Dem ist nichts hinzuzufügen. Und jetzt machen wir uns alle wieder an die Arbeit.« Sie hob als bestärkende Geste die Faust. »Für Niederteerbach.«

Gabi verschluckte sich beim Trinken, hielt sich die Hand vor den Mund und räusperte sich mehrfach.

Die Graefe hob das Kinn und nickte. »Ich verlasse mich auf Ihre Kooperation.« Mit diesen Worten verließ sie in Begleitung von Ingo Brandt das Büro.

»Für Niederteerbach!« Gabi hob ebenfalls die Faust und schmunzelte.

»Woher weiß denn die Bürgermeisterin schon von dem Leichenfund?«, flüsterte Maike, da sie keine stöckelnden Schritte hörte und vermutete, dass die beiden noch vor der Tür standen.

Gabi zuckte mit den Achseln. »Sie hat ihre geheimen Quellen.«

»Dann hat der Willi die sicherlich auch.« Maike zwinkerte ihr zu.

»Mein Harry ging früher mit den beiden in dieselbe Schulklasse. Die haben sich damals schon um das Amt des Klassensprechers geprügelt.«

»Ach, echt? Und wer hat gewonnen?«

»Das hielt sich wohl die Waage«, antwortete Gabi und ging zur Tür. »Wenn du mich brauchst, ich bin im Büro nebenan.«

Maike drehte sich mit dem Schreibtischstuhl ihrem Bildschirm zu. Zum Mittagessen würde sie gern auf Gabis belegte Brote und den Kuchen zurückkommen. Aber jetzt widmete sie sich erst einmal den Vermisstenanzeigen. Und dem Kaffee.

Lukas fehlte vorn und hinten. Er war bei der Recherche viel besser als sie und außerdem schneller. Ihr Ding war es, draußen zu ermitteln, Verbrecher zu jagen und Zeugen zu vernehmen. Stundenlang vor dem Computer zu sitzen, fand sie gähnend langweilig.

Sie konzentrierte sich auf Frauen, die innerhalb der letzten Woche vermisst gemeldet worden waren, und grenzte diese dann auf die Kölner Umgebung ein. Übrig blieben zwei, die auf Zoes Altersschätzung passten. Maike ignorierte Zoes Hinweis, dass diese Angabe ohne

Gewähr sei. Immerhin musste sie irgendwo und irgendwie mit den Ermittlungen anfangen.

Auf den Bildern, die die Angehörigen für die Vermisstenanzeigen zur Verfügung gestellt hatten, wirkten zwar beide Frauen schlank und sportlich, doch sie hatten bis zu ihrem Verschwinden in Köln gewohnt. Somit war es eher unwahrscheinlich, dass eine von ihnen im Niederteerbacher Wald joggen gegangen war.

Maike druckte die Dokumente aus und legte sie nebeneinander auf ihren Schreibtisch. Konnte sie noch irgendetwas anderes recherchieren? Etwas Zucker würde ihrem müden Geist hoffentlich auf die Sprünge helfen. Sie öffnete die Schreibtischschublade, nahm die Marzipanschokolade heraus, brach ein Stückchen ab und ließ es genüsslich auf der Zunge zergehen.

Die eine Frau war Versicherungsmaklerin, die andere Sterneköchin. Vielleicht war ein Versicherungs-nehmer sauer gewesen, weil die Versicherung, die er bei der Maklerin abgeschlossen hatte, nicht für einen Schaden aufkommen wollte. Bei einem hohen Betrag konnte daraus durchaus ein Rachemotiv entstehen. Und bei der Köchin hatte einem Gast das Essen womöglich nicht geschmeckt und …

Sie stieß den Atem aus und schüttelte über ihre absurden Gedanken den Kopf. Auch hierbei fehlte ihr Lukas. Es war immer hilfreich, wenn man sich bei Überlegungen gegenseitig die Bälle zuspielen konnte.

Gerade wollte sie gegen die Wand klopfen und nach Gabi rufen, da klingelte ihr Smartphone.

»Na, du«, meldete sich Jens.

»Na, Chef«, erwiderte sie. »Wenn du auf erste Erkenntnisse hoffst, muss ich dich leider enttäuschen.

Bisher habe ich quasi nichts. Nur, dass die Leichenteile von einer Frau stammen, wissen wir inzwischen recht sicher.«

»Soll ich in Köln jemanden an die Vermissten-anzeigen setzen?«, fragte er.

»Das habe ich schon selbst gemacht, sonst gibt es ja noch keine Anhaltspunkte. Eventuell kommen zwei Frauen infrage. Ich fahre jetzt mal zu den Wohnadressen und besorge für Zoe ein bisschen DNA von den Vermissten.«

»Alles klar.«

»Wie geht es André?«

»Den lass ich nie wieder bei Glätte auf ein Fahrrad. Zum Glück hat er den Fuß nur geprellt, aber immer noch starke Schmerzen. Ich sag dir, ich mach drei Kreuze, wenn er Emily wieder zur Tagesmutter fahren kann. Und seine Unterstützung im Haushalt fehlt mir auch.«

»Das glaube ich dir. Sag ihm liebe Grüße und drück die Kleine von mir. Ich ruf jetzt Walter Pöller an. Es könnte sein, dass es noch eine zweite Leiche gibt.«

»Die gibt es nicht. Ich hatte ihn gerade am Telefon. Kein Körperteil ist doppelt. Die Leichenteile der ersten und zweiten Fundstelle gehören zusammen.«

Maike schaltete ihren Computer aus. »Das ist doch mal eine gute Nachricht. Und ich erspare mir, Pöller selbst anzurufen. Er hat momentan nicht die beste Laune.«

Jens lachte. »Hab ich gemerkt. Er denkt über eine Umschulung nach.«

Sie schmunzelte. »Mach's erst mal gut. Wir hören uns.«

»Ja, bis später.« Er legte auf und gleichzeitig klopfte es an ihrer Tür.

»Maikelein«, lallte Horst und steckte den Kopf zur Tür herein. Sie erkannte an seinem schläfrigen Blick, dass er wieder ordentlich einen in der Krone hatte.

»Falsches Zimmer, Horst. Gabi sitzt nebenan.«

»Da war ich schon. Aber sie ist stur und will mich nicht in meine Zelle lassen.«

Maike stand auf, nahm ihren Parka von der Stuhllehne und streifte ihn über. »Bei dir daheim ist es doch viel gemütlicher.«

»Da ist es langweilig.«

»Das ist es in deiner Zelle auch.«

»Nein, nein, die Gabi und der Nachtschicht-Erwin schauen immer mal nach mir und durch die Wände kann ich die Leute im Standesamt hören.«

»Ach, tatsächlich?« Sie hakte sich bei Horst ein und führte ihn aus ihrem Büro.

»Die haben vielleicht eine Leier bei den Trauungen laufen, sag ich dir.«

Maike ging mit ihm den Flur entlang Richtung Ausgang. »Du kannst dich ja mal als Hochzeitssänger bewerben.«

Er blieb stehen, trat einen Schritt zurück, nahm seinen Hut ab und hielt ihn sich mit beiden Händen vor die Brust. »Ganz in Weiß, siehst du zum Träumen aus...«, sang er lallend.

Maike lachte. »Ich glaube, der Text ging irgendwie anders.«

Sie führte ihn weiter, doch er bremste sie wieder aus, legte ihr eine Hand auf die Wange und hielt mit der anderen seinen Hut in die Höhe.

»Ganz verträumt, schaust du mich verliebt an ...«, sang er weiter.

Sie schüttelte schmunzelnd den Kopf. »Du bist ein wahrer Troubadour.« Sie sah in Gedanken den schief singenden Barden von Asterix & Obelix vor sich. »Oder eher Troubadix.«

Einige Türen öffneten sich. Die Damen und Herren vom Standes- und Bürgeramt sahen nach, was auf dem Flur vor sich ging. Ganz am Ende kam Gabis Antlitz zum Vorschein.

»Könntest du hier bitte übernehmen?«, rief Maike ihr zu. »Ich muss echt los.«

Sie kam umgehend zu ihnen.

»Nichts kann mich von dir trennen, mein liebes Gabilein ...« Seine Singstimme wurde immer schiefer.

Sie tätschelte ihm die Schulter und nickte Maike zu.

»Warst du schon verreist?«, fragte er Gabi, während sie ihn stützte und sie sich beide schwankend in Richtung Wache drehten. Scheinbar schien er nun doch noch in seine Arrestzelle zu dürfen.

»Wie kommst du denn darauf, Horst?«

»Na, wegen des Bleigießens. An Silvester. Da hattest du doch die große Reise. Und ich fröhliche Zeiten.« Er sah zurück. »Und Maikelein? Was hatte sie noch mal?«

»Eine Axt«, antwortete Gabi, wobei Maike in den Sinn kam, dass ihr Opfer mit einem Beil zerstückelt worden war.

Sie wandte sich ab und verließ das Rathaus. *Achtung Gefahr*, lautete ihre Prophezeiung für das neue Jahr. Das konnte noch heiter werden.

4. Kapitel

Laut der Vermisstenanzeige lebte die Versicherungsmaklerin gemeinsam mit ihrer Frau in einem gemieteten Altbau-Reihenhaus in Köln-Nippes. Nach vergeblicher Parkplatzsuche stellte Maike das Auto entnervt im Parkverbot ab, stieg aus und ging zu dem geschmiedeten Eingangstor. Dieses führte in einen Vorgarten, in dem sich ihr auf einem Kiesbett Buchsbäume in unterschiedlich geschnittenen Formen präsentierten.

An einer Säule mit integriertem Briefkasten befand sich die Klingel, die sie zweimal betätigte. *Ulrike und Ines Zander* stand auf dem Namensschild.

»Um diese Zeit ist hier niemand zu Hause«, sagte der Briefträger, der in diesem Moment mit dem Fahrrad neben ihr hielt.

»Sie haben nicht zufällig eine Ahnung, wo ich Ulrike Zander jetzt finden könnte?«

Er kaute übertrieben auf seinem Kaugummi herum und warf zwei Briefe in den Postschlitz. »Die hat die Straße runter ein Café.« Er schob das Fahrrad zum nächsten Eingang.

»Vielen Dank für die Auskunft.«

Er wühlte in seiner Posttasche und schien sie gar nicht mehr wahrzunehmen.

Das Ende der Straße war von hier aus zu sehen. Deshalb ließ sie das Auto stehen und ging zu Fuß. Inzwischen war es Mittag und sie bereute, dass sie vergessen hatte, sich von Gabis belegten Broten und dem Kuchen etwas mitzunehmen. In dem Café gab es aber sicherlich etwas, das ihren Magen füllen konnte.

Rikes vegan Heaven war ein einzelner Raum mit fünf kleinen Vintage-Holztischen, von denen zwei besetzt waren. Regale mit Deko-Geschirr und Bilder mit Zitatsprüchen hingen an den Wänden. Hinter einer schlichten Theke, in deren Glasvitrine vegane Torten und Kuchen ausgestellt waren, stand eine große schlanke Frau mit kurzen rotgefärbten Haaren.

»Was darf es für dich sein?«, fragte sie Maike. »Ich habe heute frische Nusstorte im Angebot. Glutenfrei.«

»Sind Sie Ulrike Zander?«

»Die bin ich. Warum fragen Sie?«

Maike sah sich zu den Gästen um. »Ich würde Sie gern zur Vermisstenanzeige bezüglich Ihrer Frau befragen.« Sie hielt ihre Marke nur leicht in die Höhe, damit die anderen Anwesenden es nicht mitbekamen.

»Haben Sie Ines gefunden?«, brach es aus Ulrike Zander heraus.

Sie schüttelte den Kopf. Solange nicht bewiesen war, dass es sich bei der Toten um Ines Zander handelte, würde sie darüber keine Auskünfte geben. Zudem musste sie Angehörige stets als Tatverdächtige in Betracht ziehen. Man wusste nie, ob der Täter gerade vor einem stand.

»Ich brauche nur für die Ermittlungen in ihrem Vermisstenfall ein paar Auskünfte und möchte Sie um ein paar DNA-Proben Ihrer Frau bitten.«

Ulrike Zander machte große Augen. »DNA? Bedeutet das ...?«

Maike ließ sie gar nicht erst ausreden. »Das ist eine ganz normale Vorgehensweise, wenn jemand vermisst wird.« Sie lächelte beschwichtigend.

Ulrike Zander atmete tief durch. Dann blickte sie zu den Gästen und deutete schließlich mit dem Kinn zu der Tür seitlich der Theke. »Kommen Sie mit.«

Sie führte Maike in ein Hinterzimmer, das als Büro und zugleich als Lagerraum diente. Ein Schreibtisch stand vor dem kleinen vergitterten Fenster zum Hinterhof. In dem wandeinnehmenden Regal stapelten sich Kaffeepäckchen, Kartons mit Servietten, Backzutaten und Geschirr.

»Die Leute müssen das nicht unbedingt mitkriegen«, sagte Ulrike Zander und bot ihr den Schreibtischstuhl an. »Seit Ines weg ist, ist das Getratsche schon groß genug.«

»Was wird denn getratscht?«, fragte Maike und nahm Platz.

»Na, Sie wissen schon. Ines wurde mit einer anderen Frau gesehen und jetzt sind sich die Nachbarn sicher, dass sie mit der durchgebrannt ist.«

Maike wurde hellhörig. Es gab also eine Geliebte? Eifersucht stand auf der Liste der Mordmotive weit oben. Sie versuchte, Ulrike Zanders Miene zu deuten, las in ihrem Blick aber vorrangig Sorge.

»Glauben Sie das auch?«, hakte Maike nach.

Sie schüttelte den Kopf. »Nein, ich wusste doch Bescheid. Wir führen eine offene Ehe. Ines und Isabell treffen sich regelmäßig. Die macht sich jetzt auch Gedanken und weiß nicht, wo meine Frau stecken könnte.«

Von offenen Ehen hörte sie in letzter Zeit öfter. Maike hatte sich noch nicht entschieden, ob das ihre Ermittlungen erleichterte oder erschwerte. Zum einen gab es automatisch mehr Zeugen, die sie befragen konnte. Zum anderen verdoppelte sich dadurch die Anzahl der Verdächtigen. Hinzu kam das Problem, dass manchmal unerklärlicherweise nur einer in der Beziehung wusste, dass es sich um eine offene Ehe handelte. Für Maike gab es da klare Grenzen. Entweder Beziehung oder Single. Gut, oder einen ehrlichen One-Night-Stand.

»Wohnt diese Isabell zufällig in Niederteerbach?«

Ulrike Zander runzelte die Stirn. »Niederteerbach? Was ist das?«

Maike unterdrückte ein Schmunzeln. Zum Glück hatte das die Graefe nicht gehört. Sie zog ihr kleines Notizheft aus der Seitentasche des Parkas. »Ich brauche die Kontaktdaten von der Geliebten Ihrer Frau«, sagte sie, woraufhin Ulrike Zander ihr diese bereitwillig gab.

»Haben Sie eine Idee, was für den Vermisstenfall Ihrer Frau sonst noch wichtig sein könnte? Hatte sie vielleicht mit jemandem Streit?«

Ulrike Zander zuckte mit den Schultern. »Nicht, dass ich wüsste. Als Versicherungsmaklerin hatte sie hin und wieder mal Probleme mit unzufriedenen Klienten, aber das ist in der Branche doch normal.«

»Wie sieht es mit ihren Habseligkeiten aus? Vermissen Sie Sachen, die Ines vielleicht eingepackt und mitgenommen hat und die darauf hindeuten, dass sie ausziehen wollte?«

Ulrike Zander schüttelte immerzu den Kopf.

Maike stand auf. »Haben Sie etwas für mich, mit dem wir die DNA Ihrer Frau bestimmen können? Ihre Zahn- oder Haarbürste zum Beispiel.«

»Die sind zu Hause und ich kann jetzt hier nicht weg.« Sie zog die akkurat pigmentierten Augenbrauen zusammen. »Ah, warten Sie. Ich glaube, ich hab hier was.« Sie öffnete die Schreibtischschublade, holte ein kleines Kosmetiktäschchen hervor und reichte es ihr.

Maike bat um ein Zellstofftaschentuch. Sie hatte ihre Handschuhe im Auto vergessen und wollte nicht ihre eigenen Fingerabdrücke hinterlassen. Kurz warf sie einen Blick hinein, sah unter anderem eine Handcreme, Wimperntusche und einen Lippenstift.

»Haben Sie die Schminkprodukte auch benutzt?«

»Nein, das ist Ines' Kram. Sie arbeitet hier gelegentlich, um in meiner Nähe zu sein.« Ulrike ließ den Kopf hängen. »Zumindest war es so, bis sie verschwand.«

»Dann hilft mir das tatsächlich weiter.« Maike verließ vor ihr den Raum und bestellte noch ein Stück Nusstorte plus einen großen Kaffee zum Mitnehmen.

»Das geht aufs Haus«, sagte Ulrike Zander, als sie ihr die kleine Papiertasche mit der Torte und den Kaffeebecher reichte. »Finden Sie Ines. Bitte!«

Maike legte das Geld trotzdem auf den Tresen, nahm ihr die Sachen ab, verabschiedete sich und machte sich auf den Weg. Sie hoffte, dass sie Ulrike Zander in den nächsten Tagen nicht wiedersehen würde.

Beim Auto angekommen steckte sie Ines Zanders Kosmetiktäschchen im Kofferraum in eine Plastiktüte und genoss dann erst einmal in aller Ruhe den Kaffee. Die Nusstorte schmeckte köstlich, auch wenn bedauerlicherweise kein Marzipan verwendet worden war. Marzipan gehörte einfach überall dazu. Zumindest luden die glutenfreien Kalorien ihren Energiespeicher wieder auf, und sie fuhr los, um dem Lebensgefährten der Sterneköchin einen Besuch abzustatten. Die Wohnung lag in Köln-Riehl, nicht weit entfernt.

Anna Schmaus wohnte mit ihrem Verlobten Simon Steinbach laut der Klingelanordnung in einer Dachgeschosswohnung. Während sie darauf wartete, dass ihr jemand öffnete, ging Maike durch den Kopf, dass Anna Schmaus ihren Nachnamen offenbar bei der Berufswahl berücksichtigt hatte. Andererseits: Nomen est omen – das war so ein Spruch, den sie schon in der Schule gehasst hatte. Was hieß das überhaupt schon? Wenn sie, Maike Pech, bei ihren polizeilichen Ermittlungen Glück haben konnte, ließ Anna Schmaus vielleicht auch ab und an ein Filetsteak anbrennen. Oder hatte es anbrennen lassen. Bevor sie …

Eine raue Stimme meldete sich aus der Freisprechanlage und riss sie aus ihren Gedanken. Nachdem sich Maike vorgestellt hatte, wurde der Türöffner betätigt. Sie fluchte, da es keinen Fahrstuhl gab und ihr nichts anderes übrig blieb, als die fünf Stockwerke zu Fuß zu laufen. Schnaufend kam sie bei ihm an.

Simon Steinbach erwartete sie an der Wohnungstür, neben der sich einige leere Schnapsflaschen stapelten.

»Kriminalpolizei?«, stieß er aus und rieb sich fahrig über den gepflegten dunklen Vollbart.

»Was ist mit Anna? Ist sie aufgetaucht?«

»Bitte beruhigen Sie sich, Herr Steinbach. Ich bin nur hier, um noch ein paar Informationen über Ihre Verlobte einzuholen, die uns bei der Bearbeitung des Vermisstenfalls helfen könnten.«

Abermals rieb er sich den Bart. Dann veränderte sich seine Miene. Niedergeschlagenheit über ihr Verschwinden kam zum Vorschein, und er beruhigte sich langsam. Er deutete auf Maikes Boots, die sie unmissverständlich ausziehen sollte, und bat sie schließlich herein.

Die Maisonette-Wohnung war großzügig geschnitten, mit dunklem Parkett und einer raumhohen Fensterfront, durch die man auf die Flora, den botanischen Garten Kölns, blickte.

»Bitte, setzen Sie sich«, sagte er, lief an der schwarzen Ledercouch vorbei und nahm in einem Sessel Platz. »Möchten Sie etwas trinken?«

»Nein, vielen Dank.« Sie entschied sich für den anderen Sessel.

»Was wollen Sie wissen?« Er wirkte nervös, sein übergeschlagenes Bein wippte ununterbrochen, als wäre er von einer inneren Unruhe getrieben.

»Alles, was uns Hinweise auf Annas Verschwinden liefern könnte.«

Simon Steinbach sah zu Boden, schloss kurz die Augen. »Anna hatte es in letzter Zeit nicht leicht mit mir.« Er stand auf, ging zur Minibar und griff nach einer Flasche Scotch. »Sind Sie sicher, dass Sie nichts wollen?«

Sie nickte. »Inwiefern hatte es Anna nicht leicht mit Ihnen?« Maike konnte es sich schon denken. Wer um diese Zeit zum Scotch griff, hatte entweder Sorgen, von denen der Hochprozentige ablenken sollte, oder ein ausgewachsenes Alkoholproblem.

Er goss sich eine geringe Menge des goldenen Getränkes in ein Glas. »Ich war gerade erst sechs Wochen lang zur Kur. Mir war alles zu viel. Der Job in der Bank, der Leistungsdruck, Zoff mit Kollegen. Zu Hause war ich zu nichts mehr zu gebrauchen. Es blieb alles an Anna hängen.«

Ein klassischer Burn-out, dachte Maike, ohne es auszusprechen. Sie nickte nur verständnisvoll.

»Die ersten drei Wochen war ich komplett von meinem Umfeld abgeschottet, so wollte es die Therapie. Dann haben Anna und ich alle zwei Tage telefoniert.«

»Hat sie Ihnen dabei irgendetwas erzählt, was ihr eventuell Sorgen bereitet hat?«

Er trank einen großen Schluck und setzte sich wieder in den Sessel. *»Ich* war ihr Sorgenkind.«

Maike ließ ihren Blick umherschweifen, suchte nach etwas, das ihr Näheres über Anna Schmaus verriet. Sie musste selbstbewusst sein, immerhin arbeitete sie sich als Chefköchin in einer Männerdomäne, und ein Spitzenrestaurant mit diversen Auszeichnungen zu leiten, war eine kräftezehrende Herausforderung. Falls es in ihrem Leben Probleme gab, hatte sie ihrem Verlobten vielleicht bewusst nichts davon erzählt, um ihn nicht zusätzlich zu belasten und seine Genesung zu gefährden. Offenbar war sie eine unabhängige Frau, die auch in einer Partnerschaft ihre eigenen Projekte verfolgte. Auf den gerahmten Fotos an der Wand wirkte das Paar glücklich. Aber das war in einigen Beziehungen mehr Schein als Sein.

»Seit wann sind Sie von der Kur zurück?«

»Noch keine zwei Wochen.«

»Und ist Ihnen in dieser Zeit etwas an Ihrer Verlobten aufgefallen? Hat sie sich Ihnen gegenüber anders oder seltsam verhalten?«

Er schüttelte den Kopf, stellte das Glas auf den Tisch, und legte die Ellenbogen auf die Knie. »Was ist bloß passiert? Keiner weiß, wo sie ist. Wenn sie mich hätte verlassen wollen, hätte sie doch ein paar Sachen gepackt und mitgenommen. Diese Ungewissheit macht mich krank.« Er verbarg sein Gesicht in den zittrigen Händen.

Sie musste vorsichtig mit ihm umgehen. Ein falsches Wort und er würde zusammenbrechen. Sie wählte bei ihren Fragen bewusst die Gegenwartsform.

»Gibt es Orte, an denen sich Anna gern aufhält? Treibt sie Sport? Wie ist sie so?«

Simon Steinbach stand erneut auf, trat zu der langen Fensterfront, verschränkte die Arme hinter dem Kopf und schaute hinaus. »Sie geht gelegentlich ins Fitnessstudio oder zum Schwimmen. Je nachdem, wie es ihre Zeit zulässt. Ihr Beruf, das Kochen, ist ihre Leidenschaft. Wenn im Hotel Events anstehen, wohnt sie quasi dort.« Er drehte sich zu ihr um. »Ansonsten geht sie oft auf Flohmärkte und dekoriert gern. Dafür hat sie ein Händchen. In unserem Garten in Niederteerbach gestaltet sie im Sommer immer –«

Maike sah schlagartig auf. »Sagten Sie gerade Niederteerbach?«

»Ja, Anna hat dort vor Jahren das Haus ihrer Großeltern geerbt und wir verbringen dort gelegentlich unsere Wochenenden. Ich bin allerdings schon länger nicht mehr dort gewesen.« Er zog die Stirn in Falten. »Ist das von Belang?«

»Wenn Sie erlauben, würde ich mich dort gern mal umsehen. Vielleicht lässt sich ein Hinweis auf den Verbleib Ihrer Verlobten finden.«

Er zögerte, doch dann ging er zu einer Kommode, nahm einen Schlüsselbund aus dem oberen Schubfach, und reichte ihn ihr.

»Wenn Sie mir jetzt noch Annas Haar- oder Zahnbürste mitgeben würden, bin ich bestens gewappnet, um ihre Verlobte zu finden.« Sie lächelte sanft.

Er atmete tief durch und verschwand in einem Nebenzimmer. Durch die offene Tür erkannte sie trendige grüne Fliesen und eine Duschkabine.

Sie stand auf und ging zu der Wand, an der die Fotos hingen. Anna Schmaus war eine sympathisch wirkende Frau, sehr natürlich, ungeschminkt. Ihr blond gesträhntes Haar trug sie zu einem lockeren Zopf. Maike fotografierte ein Porträtfoto mit ihrem Smartphone ab.

»Hier, bitte.« Simon Steinbach kam mit dem Aufsatz einer elektrischen Zahnbürste zurück.

Dieses Mal hatte Maike an alles gedacht, hatte einen Gummihandschuh und eine Plastiktüte mitgebracht und fischte diese aus der Tasche ihres Parkas. Sie nahm die Bürste entgegen, bedankte sich, und lief zur Tür. »Ich melde mich bei Ihnen und bringe Ihnen die Hausschlüssel wieder zurück.«

Er nickte nur. In seinen Augen glänzten Tränen.

Maike wandte sich hastig ab und eilte im Treppenhaus die Stufen hinunter. Sie hoffte für ihn, dass sie sich irrte und ihm nicht beim nächsten Mal sagen

musste, dass seine Verlobte in Einzelteilen im Wald gefunden worden war.

5. Kapitel

»Es kann ein paar Tage dauern, bis ich das Ergebnis der DNA-Analyse habe«, sagte Zoe.

Maike stand am Fenster von Zoes Büro und schaute auf den Friedhof hinaus. Im Winter wirkte dieser Ort noch trostloser. Auf den nackten Laubbäumen glitzerte der Raureif in der schwachen Nachmittagssonne. Die dünnen Äste machten den Eindruck, als würden sie jeden Moment abbrechen. Zoe saß hinter ihr am Schreibtisch und füllte das Protokoll aus.

»Ich lasse es von Jens im LKA auf der Priorisierungsliste ganz nach oben setzen«, sagte Maike und setzte sich Zoe gegenüber.

Zoe nickte. »Je dringlicher, desto schneller. Ich klemme mich auch dahinter.«

Maike griff sich Zoes Kaffeetasse. »Unbekannter Täter mit unbekanntem Motiv. Wenn das mal nicht dringlich ist.« Sie prostete Zoe zu und trank einen Schluck.

»Dir ist schon klar, dass du dir im Foyer einen eigenen Kaffee holen kannst?«

»Ich hatte gerade einen. Ist nur so ein Reflex. Wenn ich eine Kaffeetasse sehe, greift meine Hand einfach danach. Da kann ich nichts gegen machen.« Sie grinste Zoe an und stand auf. »Ich muss jetzt los. Bevor es dunkel wird, will ich mir noch das Niederteerbacher Haus von Anna Schmaus ansehen.«

Zoe stand auf und kam um den Schreibtisch zu ihr herum. »Du glaubst, dass sie unsere Tote ist?« Es war keine Frage, eher eine Feststellung.

»Ich brauche vor allem handfeste Beweise.«

»Keine Sorge. Wir bekommen ständig weitere Fundstücke von Pöller rein. Der oder die Täter scheinen die arme Frau im ganzen Wald verteilt zu haben.«

»Lass mich raten: Der Kopf fehlt nach wie vor.«

Zoe strich ihr den Arm hinab. »Vorhin wurden ein Oberschenkel und eine Hand geliefert. Thomas schaut sie sich gerade an und ich werde jetzt auch noch mal im Obduktionssaal vorbeigehen, bevor ich nach Hause fahre.«

»Grüß meinen Bruder und die Kids von mir.« Maike umarmte Zoe zum Abschied, wobei ihr Blick auf die Glasvitrine im Hintergrund fiel, in der in Formalin eingelegte Organe, Haut mit Schnitt- und Schussverletzungen, Knochen und Schädel ausgestellt waren. Sie schüttelte innerlich den Kopf. Zoe war echt noch sonderbarer als sie selbst.

»Mark schreibt gerade an einem Artikel über Feinstrumpfhosen und zu was sie sonst noch genutzt werden können, wenn sie Laufmaschen haben und frau sie nicht mehr am Bein tragen mag.«

Maike hob die Augenbrauen. »Hat er dich damit gefesselt?«

Zoe lachte. »Schlimmer. Er hat versucht, Kaffee damit zu filtern, und die Fenster streifenfrei zu polieren, und sie als Filter beim Fotografieren benutzt.« Zoe hob die Schultern. »Und heute Nachmittag will er mit Laura und Leonie aus den Strümpfen Puppen basteln.«

»Ernsthaft?« Maike hielt sich die Hand an die Stirn. »Ich finde ja normale Puppen schon gruselig. Mit Puppen aus Strümpfen kann er die Zwillinge für immer verstören.«

Zoe verzog den Mund und hob abermals die Schultern. »Wenn Mark sich etwas in den Kopf gesetzt hat, zieht er das auch durch.«

»Manchmal glaube ich echt, mein Bruder hat als Kind mal zu nah an der Wand geschaukelt«, sagte Maike und ging hinaus. Sie hörte Zoe lachen, bevor die Tür hinter ihr ins Schloss fiel.

Während der Fahrt nach Niederteerbach telefonierte sie mit Jens, damit er bezüglich des DNA-Abgleichs Druck machte. Feiner Nieselregen benetzte die Frontscheibe. Die Straßen würden gegen Abend wieder glatt werden.

Das Haus lag in einer Seitenstraße im nördlichen Teil des Dorfes, in den Maike bisher noch nicht gekommen war. Die Fassade bestand aus verdrecktem Putz, die Fensterrahmen waren aus Holz, von denen die ehemals weiße Farbe abblätterte. Es war sicherlich vor dem Krieg erbaut worden und hatte dringend eine Renovierung nötig, die Anna Schmaus und Simon Steinbach anscheinend nicht hatten stemmen wollen.

Maike parkte vor dem verrosteten zweiflügeligen Gartentor, das mit einer Kette verschlossen war. Sie griff nach dem Schlüsselbund, den Annas Verlobter ihr überlassen hatte, und stieg aus. Der dritte Schlüssel passte in das Vorhängeschloss und gewährte ihr Zugang zum Garten.

Sie erkannte sofort, was Simon Steinbach mit Annas Dekorationskünsten gemeint hatte. Im Sommer war dieses Grundstück bestimmt ein Traum, und die Kletterpflanzen, die an dem Haus emporrankten, verliehen der alten Fassade einen altertümlichen Charme. Die Pflanzen waren größtenteils naturbelassen, nur eine Baumkrone war beschnitten. In den Sträuchern hingen Lichterketten, an den Ästen der Bäume Laternen und Sonnenlichter. Eine kleine Holzbrücke führte über einen Teich, der mit Pflanzen und Steinfiguren wunderschön angelegt worden war. Daneben, auf einer großen Holzterrasse, standen Korbmöbel und ein halber Baumstamm, der als Tisch diente. Einerseits bewunderte Maike die Details, andererseits fand sie den Aufwand unverhältnismäßig, den man betreiben musste, um so einen Garten in Schuss zu halten. Da ihre Wohnung weder einen Garten noch einen Balkon besaß, musste sie sich darüber glücklicherweise keine Gedanken machen. Ein Katzenkratzbaum war ihr Natur genug.

An der Haustür hing ein winterliches Korbgeflecht mit einem Schild, das Besucher willkommen hieß. Sie schloss auf, zog ein Paar Schuhüberzieher über ihre Boots und ging hinein.

Der Lichtschalter stammte zweifellos aus Vorkriegszeiten, und Maike war froh, keinen Stromschlag abzubekommen, als sie ihn betätigte. Im Haus setzten sich Anna Schmaus' Liebe zum Detail und ihre Dekorationskünste fort. Die zwei Zimmer, die wohnlich eingerichtet waren, wirkten wie eine Puppenstube – urig und gemütlich. Sie war anscheinend ein Mensch, der sich von äußeren Gegebenheiten nicht abhalten ließ und die eigenen Vorstellungen und Ideen zielstrebig verwirklichte. Im Vergleich dazu war die Maisonette-Wohnung in Köln steril und unpersönlich.

Die restlichen Räume inklusive des Dachgeschosses standen leer, nur einige alte Möbel waren mit Laken bedeckt. Maike konnte sich daher auf die zwei Zimmer und den kleinen Flur im Erdgeschoss konzentrieren.

Sie hatte sich gerade den linken Latexhandschuh übergestreift, da klingelte ihr Smartphone und der Blick aufs Display ließ sie lächeln. Ohne zu Zögern nahm sie das Gespräch an.

»Ein Anruf aus Berlin. Was verschafft mir denn die Ehre?«

Martin lachte. »Ich habe Feierabend und warte auf die Bahn. Da dachte ich, ich klingle mal durch, um zu hören, wie es dir geht.«

»Oh, ich diene also dazu, deine Langeweile zu überbrücken?«

»Na ja, sagen wir mal so: In dem Fall hätte ich auch meine Mutter anrufen können.«

»Ich bin geschmeichelt, dass dich etwas, was ich sage, sofort an deine Mutter erinnert.« Maike öffnete den Kühlschrank, der ausgeschaltet und leer war. »Wieso hast du eigentlich schon Feierabend? Habt ihr in Berlin nichts zu tun?«

»Ich bin momentan an gehäuften Todesfällen in einer psychiatrischen Klinik dran. Aber irgendwann muss ich auch mal schlafen.«

»Etwas Schlaf könnte ich ebenso vertragen. Stattdessen suche ich die Nadel im Heuhaufen.«

»Inwiefern?«, fragte Martin.

»Ich bin dabei, die Identität einer Frauenleiche zu klären, und hoffe, den Mörder zu finden, bevor er sich womöglich weitere Opfer sucht.«

»Denkst du, er wird es wieder tun?«

»Ich stehe ganz am Anfang und kann es noch nicht ausschließen. Seine Art, sich des Leichnams zu entledigen, ist, sagen wir mal, speziell ...«

Im selben Moment vernahm sie eine Art Knirschen.

Maike zuckte zusammen und drückte sich instinktiv mit dem Rücken gegen die hinter ihr liegende Wand. Sie konnte nicht ausmachen, woher das Geräusch gekommen war.

»Bist du noch dran?«, hakte Martin nach.

»Ich glaube, ich bin hier nicht allein«, flüsterte sie.

»Wo?«

Maike behielt die angelehnte Zimmertür im Auge und griff an ihren Gürtel, nur um zu merken, dass sie ihre Dienstwaffe im Auto vergessen hatte. Was war denn heute mit ihr los? Erst die Brote, dann die Handschuhe, jetzt die Waffe. War das Unterzuckerung?

Sie hatte aber nicht damit gerechnet, sie hier zu brauchen.

Durch das Fenster konnte sie niemanden sehen. Draußen wurde es bereits dunkel.

»Ich muss jetzt auflegen.« Sie flüsterte nach wie vor. »Wenn ich dich in fünf Minuten nicht zurückrufe, benötige ich Verstärkung. Sandweg 7 in Niederteerbach.«

»Was soll das heißen? Maike, du ...«

Sie legte auf und stellte das Smartphone auf lautlos. Während sie es in ihre Jackentasche steckte, zog sie ein Messer aus dem Messerblock der Küchenzeile und ging langsam zur Tür.

Wieder war ein Geräusch zu hören. Dieses Mal eher ein Quietschen.

Ihr schlug das Herz bis zum Hals. Sie streckte die Hand nach der Tür aus, als diese gleichzeitig von der anderen Seite aufgeschoben wurde. Und dann erklang ein schriller Schrei.

Eine alte dicke Dame taumelte vor Maike zurück und stieß mit dem Rücken gegen das Treppengeländer im Flur.

»Alles gut!«, rief Maike und senkte hastig das erhobene Messer. »Ich tue Ihnen nichts.«

Die Frau sah sie mit weit aufgerissenen Augen an, schnappte nach Luft und hielt sich die Hände auf die Brust.

»Alles in Ordnung, es ist alles in Ordnung«, sagte Maike sanft, um einen möglichen Herzinfarkt abzuwenden. Sie legte das Messer gut sichtbar und langsam auf die alte Kommode neben sich.

»Himmel, Herrgott, Frau Pech«, japste die Frau mit altersschwacher Stimme und ließ sich auf eine Treppenstufe sinken. »Sind Sie jeck, mich so zu erschrecken?«

Maike kannte die alte Dame nicht. Aber sie hatte sich inzwischen daran gewöhnt, dass sie im Dorf bekannter war als Sophie Haas in Hengasch.

»Es tut mir wirklich leid. Ich habe mich auch erschrocken.«

»Wieso schleichen Sie denn im Haus von Frau Schmaus mit einem Messer herum?«

»Aus rein dienstlichen Gründen. Und was machen Sie hier, wenn ich fragen darf?«

»Ich wohne nebenan. Frau Schmaus kommt im Winter nur selten her und ich schaue regelmäßig nach dem

Rechten.« Sie zog ein Kuvert aus der Tasche ihrer blaugeblümten Kittelschürze. Beim Anblick ihrer orthopädisch bestrumpften Beine musste Maike unwillkürlich an Marks Recherche für seine Kolumne denken. »Ich hab das Licht brennen sehen und dachte, sie wäre da. Bei ihrem letzten Gespräch hat sie sich sehr für mein Reibekuchen-Rezept interessiert. Das wollte ich ihr bringen.«

»Wann war denn Ihr letztes Gespräch?«, erkundigte sich Maike.

»Lassen Sie mich überlegen.« Die Nachbarin rieb sich über ihr Kinn, das vom Schatten eines Damenbarts überzogen war. »Irgendwann vorletzte Woche. Am Freitag, glaube ich. Die beiden haben sich im Garten gestritten. Ich hab mich erst gar nicht rüber getraut. Am Nachmittag war sie dann aber allein.«

Maike runzelte die Stirn. »Sie haben gesehen, wie Frau Schmaus und Herr Steinbach sich gestritten haben?«

Die alte Dame streckte ihr die Hand entgegen, damit Maike ihr auf die Beine half. »Über die hohe Hecke kann ich das nicht sehen. Aber so, wie die sich angeschrien haben, war das ja nicht zu überhören.«

Das war interessant. Nach Simon Steinbachs Aussage war er schon lange Zeit nicht mehr hier gewesen. Ihr Handy vibrierte in der Tasche, was ihr schlagartig in Erinnerung brachte, dass sie Martin vergessen hatte.

»Mist.« Sie drückte Zoes Anruf weg und wählte seine Nummer. »Sag mir bitte, dass du noch keine Verstärkung angefordert hast«, flehte sie, sobald er ranging.

»Natürlich habe ich das«, rief er. »Und zwar gleich, nachdem du einfach aufgelegt hast. Was glaubst du, wie es mir dabei ging? Zurückrufen konnte ich dich nicht, um dich nicht in Gefahr zu bringen. Geht es dir gut? Was geht da eigentlich bei dir ab?«

Sie war gerührt, dass er sich um sie sorgte. In ihrem Brustkorb züngelte eine kleine warme Flamme. Dennoch musste sie ihn erneut abwürgen.

»Mir geht's gut. Ich ruf dich später noch mal an und erzähle dir dann alles. Jetzt muss ich erst einmal die Verstärkung zurückpfeifen.« Sie beendete das Gespräch und ging auf und ab, bis sich jemand in der Leitstelle meldete.

Die alte Frau beobachtete sie die ganze Zeit und rührte sich nicht vom Fleck.

Maike erfuhr am Telefon, dass die Kollegen schon fast in Niederteerbach waren. Nachdem der Einsatz in letzter Minute abgeblasen worden war, zu dessen Auslöser Jens ihr im Nachhinein bestimmt noch ein paar Worte zu sagen hatte, konzentrierte sie sich wieder auf die alte Dame.

»Sind Sie so nett und geben mir Ihren Namen und Ihre Telefonnummer, damit ich Sie gegebenenfalls bei Rückfragen kontaktieren kann?«

»Natürlich. Aber sagen Sie, was ist denn los? Hat die Frau Schmaus Ärger?«

Maike legte den Kopf schräg und nickte zögernd. »Hm, ja, das kann man wohl so sagen.«

Die Alte, die sich als Anneliese Lehmann entpuppte, sagte ihre Nummer auf, die Maike in ihrem Notizheft notierte. Da vibrierte ihr Smartphone erneut. Wieder Zoe.

»Ich melde mich bei Ihnen.« Maike geleitete Anneliese Lehmann zur Tür. »Und wenn ich gehe, schließe ich wieder ordentlich ab, das verspreche ich Ihnen.« Maike nickte ihr lächelnd zu und nahm dann Zoes Anruf entgegen.

»Muss ich mir Sorgen machen? Seit wann drückst du mich weg?«

Maike seufzte. »Frag bitte nicht. Hast du was für mich?«

»Kann man so sagen. Wir haben Fingerabdrücke von der gelieferten Hand genommen. Vier an der Zahl, es fehlt nämlich ein Fingerglied, das nicht erst bei der Zerstückelung abhandengekommen ist.«

Sie hatte noch nicht zu Ende gesprochen, da eilte Maike nach draußen.

»Frau Lehmann«, rief sie der alten Dame hinterher, die gerade erst das Gartentor hinter sich zuzog. »Haben Sie zufällig eine Ahnung, ob Frau Schmaus eine Fingerkuppe fehlt?«

»Nicht nur eine Kuppe«, erwiderte sie. »Ihr fehlt ja der halbe Zeigefinger.«

»Genauer gesagt das dritte Fingerglied des Zeigefingers an der linken Hand«, sagte Zoe, die Frau Lehmanns Antwort wohl gehört hatte.

Maike winkte Anneliese Lehmann noch einmal zu und ging wieder ins Haus. »Sie ist es.«

»Das glaube ich auch. Aber wir können es erst beweisen, wenn die DNA-Analyse vorliegt.«

»Auf jeden Fall werde ich mich jetzt in erster Linie auf Anna Schmaus konzentrieren, und erspare mir vorerst, die Geliebte von Ines Zander aufzusuchen. Ich werde aber den Kollegen, die die Vermisstenfälle bearbeiten, einen Tipp geben, dass sie mal diese Isabell nach Frau Zanders Verbleiben befragen sollten.«

Sie nahm auf der Stufe der Innentreppe Platz, auf der Anneliese Lehmann vor wenigen Minuten noch gesessen hatte. Dabei fiel ihr Blick auf ein Paar Joggingschuhe, die neben Pantoffeln in einem offenen Schuhregal standen.

»Ich schau mich jetzt hier noch ein bisschen weiter um«, sagte sie. »Wir hören uns später noch mal.«

»Alles klar«, erwiderte Zoe. »Bis dann.«

Maike hatte die Handschuhe noch an. Sie zog eine Tüte aus ihrer Jackentasche und lief zu dem Regal, wobei sie auf etwas trat, das von ihrer Sohle weg über den Boden rollte. Sie bückte sich danach und hielt einen silbermatten Knopf zwischen den Fingern, der unmöglich von Anneliese Lehmanns Kittelschürze stammen konnte. Ein Eichenblatt war auf die Oberfläche geprägt. Sie tütete ihn ebenso wie die Joggingschuhe ein und machte sich daran, die zwei Zimmer weiter nach Beweismaterialien zu durchsuchen.

6. Kapitel

Auf der Fahrt nach Köln brachte Maike das Telefonat mit Jens hinter sich, in dem sie ihm alles berichtete. Entgegen ihrer Erwartung musste sie sich keine Standpauke wegen der unsinnigen Verstärkungsanforderung anhören. Im Gegenteil: Jens konnte sich das Lachen nicht verkneifen. Sie wusste nicht, was schlimmer war.

Es war kurz vor 18 Uhr und schon wieder stockdunkel. Sie hasste die grauen dunklen Wintermonate und sehnte sich nach Frühling. Die glatten Straßen ärgerten sie zusätzlich. Wenn sie schon ständig zwischen Niederteerbach und Köln hin- und herpendeln musste, wollte sie nicht auch noch zum langsamen Fahren gezwungen sein. Ihr fehlte Lukas, der ihr die ein oder andere Fahrt hätte abnehmen können.

Außer den Joggingschuhen und dem Knopf hatte sie keine weiteren Hinweise im Haus der Sterneköchin gefunden. Beides wollte sie noch heute bei der Spurensicherung abgeben, um schnellstmöglich weitere Ergebnisse zu bekommen. Jeder Tag zählte. Die ständige Warterei bremste sie in ihren Ermittlungen aus.

Sie reihte sich am Ende eines Staus ein und hätte am liebsten ins Lenkrad gebissen. Nicht nur aus Wut, auch weil sie wirklich großen Hunger hatte. Wahrscheinlich hatte es weiter vorne zwischen zwei Autos geknallt. Ihr Feierabend rückte in weite Ferne und sie konnte sich nur mit Mühe davon abhalten, das mobile Blaulicht aufs Autodach zu setzen, um dem Stau so zu entkommen.

Um die Zeit irgendwie sinnvoll zu nutzen, tippte sie auf das Display ihres Smartphones, um Martin wie versprochen zurückzurufen. Es steckte in der Armatur-Halterung und verkündete Sandro Grassos Anruf, bevor sie Martins Nummer wählen konnte. Was wollte der Staatsanwalt um diese Uhrzeit von ihr?

»Kriminalhauptkommissarin Pech«, meldete sie sich vorschriftsmäßig.

»Frau Pech, wie schön, dass ich Sie erreiche. Ich wollte mich bei Ihnen erkundigen, wie Sie in Ihrem Fall vorankommen.«

»Danke. Wir kommen voran, wenn auch in kleinen Schritten. Ich habe gerade mit meinem Chef Jens Breuer gesprochen. Er wollte sich spätestens morgen bei Ihnen melden, um Sie in Kenntnis zu setzen.« Sie betätigte den Blinker und wechselte die Fahrspur, da es links schneller vorwärtszugehen schien. »Inzwischen habe ich einen Verdacht, um wen es sich bei der Leiche handeln könnte. Eine Sterneköchin aus Köln. Anna Schmaus. Aber wie gesagt, nur ein Verdacht, ist noch nicht bewiesen.«

»Wie gedenken Sie, weiter vorzugehen?«

»Ich bin gerade auf dem Weg zur *Rheinperle*, dem Hotel, in dem Anna Schmaus für gewöhnlich arbeitet. Ich möchte mich dort mal umsehen und mit ihren Kollegen sprechen.«

»Die *Rheinperle*. Was für ein Zufall. Ich bin da gerade ganz in der Nähe. Was halten Sie davon, wenn ich Sie begleite und wir dort gemeinsam essen? Also, ich meine, so als Undercover-Einsatz. Was sagen Sie?«

Maike starrte auf das beleuchtete Display. Hatte sie ihn falsch verstanden, oder hatte er tatsächlich angeboten, mit ihr essen zu gehen? Der Fahrer hinter ihr hupte, da sie verpasste, zu ihrem Vordermann aufzuschließen.

»Frau Pech?«

»Ähm ...« Ihr Magen knurrte, wenn sie nur an Essen dachte. Bis auf das Stück Nusstorte von Ulrike Zander hatte sie heute noch nichts gegessen. »Klar, warum nicht.«

»Fein, dann würde ich vorschlagen, wir treffen uns in einer Dreiviertelstunde vorm Eingang?«

»Ich gebe mein Bestes«, erwiderte sie. »Aus dem Stau bin ich gleich raus, aber ich muss noch was bei der Spusi abgeben.«

»Nur kein Stress. Ich werde warten.« Nach diesen Worten legte er auf.

Sie atmete tief durch, rieb sich die Stirn und grinste vor sich hin.

Die Lichter blendeten sie durch die regennasse Scheibe. Sie sah geradeaus, ohne wirklich etwas zu sehen. Es hatte tatsächlich einen Unfall gegeben, der aber nicht über Blechschäden hinausging. Während der weiteren Fahrt musste sie sich durch die schlechten Straßenbedingungen und das hohe Verkehrsaufkommen stark konzentrieren und kam nicht dazu, sich allzu viele Gedanken über Sandro Grassos spontane Essenseinladung zu machen. Sie konnte froh sein, wenn sie einigermaßen pünktlich beim Hotel ankam.

Die Minuten zogen sich in die Länge. Nachdem sie die Beweisstücke endlich abgeliefert hatte, schmerzte ihr Magen bereits vor Hunger und sie konnte das Essen nicht mehr erwarten.

Das Auto stellte sie im Parkhaus des Hotels ab und ärgerte sich sofort über den Preis. Um einen günstigeren Platz zu suchen, fehlte ihr jedoch die Zeit. Sie war bereits zehn Minuten zu spät.

Sandro Grasso wartete wie verabredet vor dem Eingang des Restaurants auf sie und im ersten Moment war sie verdutzt, ihn ohne Anzug zu sehen. Er trug eine dunkelblaue Jeans, dazu ein weißes Hemd, dessen Kragen offen stand und dessen Ärmel er lässig hochgekrempelt hatte. Ein anthrazitfarbenes Sakko hielt er über dem Unterarm. Er lächelte ihr entgegen.

»Tut mir leid, es hat doch etwas länger gedauert.«

»Kein Problem. Ich habe einen Tisch reserviert. Waren Sie hier schon einmal essen?«

»Nein, zu wenig Pizza und Pommes auf der Karte«, erwiderte sie.

»Als Halbitaliener kann ich das mit der Pizza gut nachvollziehen.« Er lachte und zeigte dadurch seine blendend weißen Zähne.

Sie hatte ihn sich immer nur durch die Kollegen-Brille angesehen. Dass er gut aussah, wusste sie, und er bestimmt auch, aber sie hatte den Eindruck, dass er damit nicht kokettierte.

Die Jacken wurden ihnen abgenommen und der zuvorkommende Kellner wies ihnen einen Tisch zu, wobei Grasso ihr, ganz Gentleman, den Stuhl zurechtrückte. Maike war hin und her gerissen, ob sie das gut oder eher daneben fand. Es passte allerdings zum Ambiente des noblen Restaurants. Anders als sie in ihrer ausgewaschenen Jeans und dem grauen Rollkragenpullover.

»Darf ich Ihnen schon einen Wein anbieten?«, fragte der Kellner und zählte einige Sorten auf, von denen Maike immerhin eine von Zoe kannte. Ihre Freundin wäre hier ganz in ihrem Element gewesen.

»Um ehrlich zu sein, hätte ich schlicht und einfach gerne ein Kölsch«, sagte sie.

Sandro Grasso schmunzelte. »Dem schließe ich mich an.« Er nickte dem Kellner zu und widmete sich der Speisekarte.

Das Angebot war extravagant, aber dafür übersichtlich. Sie entschied sich für ein Gericht, das es auf jeder gutbürgerlichen Speisekarte in Köln gab – sogar hier.

Immer wieder sah sie sich um, beobachtete die Empfangsdame und die vier Kellner, die ruhelos ihrer Arbeit nachgingen. Hinter einer Bar mixte eine Frau Getränke, vor dem Zugang zur Küche stand ein Mann, der scheinbar den reibungslosen Ablauf im Auge behielt und hier etwas zu sagen hatte.

»Ist Ihnen schon irgendetwas Merkwürdiges aufgefallen, Sherlock?«, erkundigte sich Grasso. Er hatte von der Speisekarte aufgesehen und betrachtete sie.

»Ja, ich hab noch kein Kölsch.«

»Der Kellner ist also schon mal sehr verdächtig.«

»Es würde mich wahnsinnig machen, wenn mir bei der Arbeit ständig jemand über die Schulter schauen würde.« Sie deutete mit dem Kopf in Richtung des Aufsehers.

Grasso musterte den Mann und nickte.

Der Kellner brachte ihnen die Kölschstangen und Grasso stieß seins sanft gegen ihres. »Trinken wir auf einen erfolgreichen Abschluss des Falls. Von meiner Seite aus können wir uns übrigens gern duzen.«

Sie wollte ihr Glas gerade zum Mund führen und hielt mitten in der Bewegung inne. Was genau war dieses Essen hier?

Er trank einen Schluck. »Ich bin Sandro.«

Sie leerte das halbe Glas in einem Zug und wischte sich anschließend mit dem Handrücken über die Lippen. »Maike.«

Der Kellner nahm ihre Essensbestellungen auf. Rinder-Filet-Spitzen mit Spaghettini und Wirsinggemüse für ihn, Maike hatte sich für einen »Halve Hahn« in einer vermutlich sehr extravaganten Variante entschieden.

»Was hoffst du hier herauszufinden?«, fragte er, nachdem sich der Kellner entfernt hatte.

Maike sah sich abermals um. »Wie das Arbeitsklima ist. War Anna hier beliebt oder unbeliebt? Hat sie manche Kollegen auch privat getroffen? Ist bekannt, ob sie Probleme hatte? Und so weiter.«

Er verengte die Augen. »Jens hat schon erwähnt, dass du für deinen Beruf brennst.«

»Nicht für das Bürokratische.«

Sandro lachte. »Wer tut das schon?«

»So hab ich das nicht gemeint.«

Er lachte immer noch. »Schon gut. Ich wäre auch lieber Feuerwehrmann geworden.«

Sie hob die Augenbrauen. »Was hat dich abgehalten?«

Er strich sich durch sein dichtes schwarzes Haar und seufzte. »Ein kaputtes Knie.«

»Das tut mir leid.«

Sandro zuckte mit den Schultern. »Damit war der erste Berufswunsch, Fußballprofi zu werden, auch dahin. Als ich 16 war, hat mich ein Mitspieler gefault. Knieverletzung und das war's dann.«

»Deshalb halte ich mich größtenteils vom Sport fern«, sagte Maike. »Da ist die Verletzungsgefahr nicht so groß.«

Er nickte und drehte gedankenverloren sein Bierglas in der Hand. »Meine Kinder werde ich trotzdem zum Fußballspielen animieren. Für mich ist und bleibt es der schönste Sport der Welt.«

»Oh, du hast Kinder?«

Er schüttelte schnell den Kopf. »Nein, nein. Aber was nicht ist, kann ja noch werden. Geht es dir in deinem Freundeskreis auch so, dass plötzlich alle heiraten und Familien gründen?«

Sie überlegte. Seit sie wieder in Köln war, bestand ihr Freundeskreis aus Zoe, Mark, Jens und André. Mit Gabi und Lukas verbrachte sie die meiste Zeit, weshalb sie mittlerweile weitaus mehr als nur Kollegen für sie waren. Philipp war gerade dabei, sich vom One-Night-Stand zum guten Freund zu mausern. Und Martin ... Tja, welche Rolle spielte eigentlich Martin?

»Ich weiß, was du meinst«, erwiderte sie. »Aber nach eigenen Kindern stand mir nie wirklich der Sinn, da bin ich mit meinen Nichten voll ausgelastet. Und heiraten? Braucht es das?«

Er wollte gerade zu einer Antwort ansetzen, als der Kellner mit den Tellern an ihren Tisch trat. Während des Essens machte Sandro lustige Kommentare über ihren »Halven Hahn«. In seiner Anfangszeit in Köln hatte er geglaubt, es handelte sich dabei um ein halbes Hähnchen. Mit Geflügel hatte das Roggenbrötchen mit einer dicken Scheibe altem holländischen Käse und einer ordentlichen Portion scharfem Senf aber nichts gemein. In der Variation des Hotelrestaurants diente das Röggelchen als Hauptspeise, war knusprig gebacken und mit hausgemachtem Kompott garniert.

Sandro war ein angenehmer und lustiger Gesprächspartner. Während sie locker miteinander plauderten, beobachteten sie weiterhin die Angestellten, konnten jedoch keine Spannungen im Restaurantbetrieb feststellen.

Schließlich ließen sie sich die Rechnungen bringen. Es war an der Zeit, sich beim Küchenpersonal umzusehen, und so gingen sie beide auf den sogenannten Aufseher zu, der sich vor dem Sucheneingang postiert hatte.

»Einen schönen guten Abend«, sagte Maike. »Wir würden gern mal mit dem Restaurantmanager sprechen.«

Der Mann, dessen Namensschild ihn als Matthias Neubert auswies, hob eine Augenbraue. »Er steht vor Ihnen. Worum geht es?«

Maike zeigte ihm unauffällig ihre Marke. »Um Ihre Küchenchefin Anna Schmaus.«

Herr Neubert, Mitte 50, mit Glatze und Schnauzer, wirkte einen Moment wie erstarrt. »Haben Sie etwas von Anna gehört?«

»Darüber darf ich Ihnen leider aus ermittlungstechnischen Gründen keine Auskunft geben. Wir würden uns nur gern in Ihrem Arbeitsumfeld umschauen und mit Frau Schmaus' Kollegen sprechen.«

Er straffte die Schultern. »Wir sind hier im laufenden Restaurantbetrieb. Sie sehen ja selbst, was hier los ist. Da bleibt keine Zeit für –«

»Ich verspreche Ihnen, mich kurzzufassen. Wir sind schon so gut wie wieder weg.«

Matthias Neubert rieb sich die Schläfen und musterte Sandro und sie eingehend. »Folgen Sie mir.« Er führte sie in die Küche.

Dort herrschte geschäftiges Treiben. Es war unangenehm heiß. Dampf stob aus Kesseln hervor, das Zischen von brutzelndem Fleisch vermischte sich mit dem Klappern von Töpfen und Geschirr.

»Marvin«, rief er und winkte einen rundlichen Mann zu sich.

Dieser beorderte einen anderen vor sein Grillrost, warf sich das Küchentuch über die Schulter und kam auf sie zu.

»Das ist unser zweiter Küchenchef. Marvin Thelen«, stellte Matthias Neubert den Mann vor und ließ ihn wissen, dass eine Frau und ein Herr von der Kripo ein paar Fragen hätten.

Maike warf Sandro einen kurzen Blick zu und begann dann mit der Befragung.

»Als Frau Schmaus das letzte Mal hier gewesen ist, hat sie da einen anderen Eindruck auf Sie gemacht als sonst?«, erkundigte sie sich.

»Hm ... finde ich eigentlich nicht.« Der zweite Küchenchef drehte sich zu seinen Kollegen um. »Könnt ihr was zu Anna sagen?«

Maike hatte nicht vor, die Befragung an ihn abzugeben. Sofort warf sie eine Frage hinterher.

»Hat Frau Schmaus etwas angedeutet, was ihr Fernbleiben erklären könnte?«

»Bei mir nicht«, sagte eine Frau, deren dunkler Zopf in einem Haarnetz steckte. »Wir machen uns solche Sorgen.« Sie hatte ihre Haare derart straff nach hinten gebunden, dass sie sich im zunehmenden Alter auf jeden Fall ein Facelifting ersparte.

Die anderen schüttelten ratlos die Köpfe.

Der zweite Küchenchef wandte sich Maike und Sandro wieder zu und zuckte mit den Achseln. »Sie hat sich mit ›Tschüss, bis morgen‹ bei mir verabschiedet.«

Ein Mann betrat durch eine Schwingtür die Großküche und trug aufeinandergestapelte Teller zum Regal. Seine Oberarme waren so dick wie Stahlträger, sein Blick grimmig. Maike erkannte den ehemaligen Bauarbeiter sofort.

»Hey, Zlatko, komm mal zu uns rüber«, forderte Marvin Thelen ihn auf.

Er kam auf sie zu und stockte, als er Maike erblickte. »Hab ich was ausgefressen, von dem ich noch nichts weiß?«, fragte er und strich sich über den Dreitagebart. »Egal was es ist, ich hab damit nichts zu tun.«

Maike runzelte die Stirn. »Arbeiten Sie jetzt hier?«

Zlatko grunzte. »Man muss ja sehen, wo man bleibt«, entgegnete er. »Den Bauhof vom Roth haben *Sie* ja dicht gemacht.«

Maike verschränkte die Arme. »Genau. Das hatte ich von langer Hand geplant, als ich ihre ehemalige Chefin des Mordes überführt habe.«

Sandro schmunzelte.

Zlatko kratzte sich am Kinn. »Na ja, jedenfalls bin ich deswegen hier gelandet. Der Papst, Sie wissen schon, mein Kollege, hat dagegen das große Los gezogen. Liegt vermutlich an seinen verwandtschaftlichen Beziehungen.«

»Zum Vatikan?« Sie presste die Lippen aufeinander.

»Nee, zu einem der Vorarbeiter in der Nieder-teerbacher Sargfabrik. Da arbeitet der jetzt nämlich, der Glückspilz.«

Maike tat so, als würde sie die entgeisterten Blicke der hiesigen Mitarbeiter nicht bemerken. »Na, mit der *Rheinperle* haben Sie es doch auch ganz wunderbar getroffen.«

»Sie meinen vom Tellerwäscher zum Millionär?« Zlatko lachte auf. »Wir sind hier doch nicht in Amerika.« Er wandte sich ab. »Das dreckige Geschirr wartet.« Während er davontrottete, schimpfte er leise vor sich hin.

»Er ist kein Tellerwäscher«, stellte der zweite Küchenchef klar. »Der Geschirrautomat muss nur befüllt werden und –«

Maike hob die Hand und unterbrach ihn. »Lassen Sie uns zur Befragung zurückkommen. Ich will Ihre und meine Zeit nicht länger als nötig beanspruchen.«

Sandro blieb die ganze Zeit an ihrer Seite und hörte aufmerksam zu. Zu ihrer Enttäuschung konnte sie von keinem der Angestellten etwas Nennenswertes über Anna Schmaus erfahren. Die Küchenchefin wurde scheinbar von allen Mitarbeitern geschätzt, und jeder Einzelne machte sich wegen ihres Verschwindens große Sorgen. Auch der Restaurantmanager versicherte, nichts von Streitigkeiten und Anfeindungen zu wissen.

»Ist es möglich, den Hotelmanager zu sprechen?«, erkundigte sie sich schlussendlich bei Matthias Neubert.

»Herr Düvelmeyer ist heute zu einer Tagung nach Hamburg gefahren und wird erst übermorgen zurückkommen.«

»Na, wunderbar.« Sie verzog den Mund. »Dann vereinbaren wir am besten gleich einen Termin für den Tag seiner Rückkehr.«

»Das müssten Sie dann bitte an der Rezeption tun«, entgegnete Neubert und bat sie nun freundlich, doch bestimmt aus der Küche.

Maike wandte sich zur Tür und blieb dabei mit dem Blick an einem Regal hängen. Besser gesagt an den Kräuterdosen, die dort einsortiert waren.

Sie ging darauf zu. Irgendwo hatte sie die schon mal gesehen. Und wo das war, fiel ihr in dem Moment ein, als sie eine davon aus dem Regal nahm und eingehend betrachtete. »Sandra Kuschel«, flüsterte sie. Die Blumenhändlerin aus Niederteerbach wurde im Dorf von allen nur *Kräuterhexe* genannt, da sie in ihrem Blumenladen auch eigene Kräutermischungen verkaufte. Ob zum Kochen oder zum Rauchen war nicht immer eindeutig. Diese Abpackungen stammten eindeutig von ihr.

»Du schaust die Dose an, als hättest du einen Schatz gefunden«, sagte Sandro.

»Vielleicht habe ich das auch«, erwiderte sie und stellte die Kräutermischung zurück ins Regal.

7. Kapitel

Am nächsten Morgen wurde Maike vor dem Klingeln ihres Handyalarms von zwei Fellknäueln geweckt, die sich schnurrend an sie schmiegten. Sie überließ Crockett und Tubbs ihr Bett und tapste schlaftrunken in die Küche. Ihr war kalt. Ohne ihren ersten Kaffee konnte sie nicht in den Tag starten.

Maike war mit Gedanken an Sandro eingeschlafen und wieder aufgewacht. So richtig konnte sie noch nicht nachvollziehen, wie es gestern Abend zu einem gemeinsamen Essen und privaten Gesprächen gekommen war. Jetzt musste sie sich damit auseinandersetzen, dass sie ihn mochte.

Sie schaltete die Kaffeemaschine an und legte eine Kapsel ein.

Zu allem Überfluss hatte sie durch die unerwarteten Umstände des Abends vergessen, Martin wie versprochen zurückzurufen. Sie nahm das Smartphone zur Hand, zögerte, beschloss, dass es zu früh war, und legte es wieder beiseite.

Normalerweise bekam sie am Morgen noch nicht viel runter. Gestern hatte sie ihren Magen jedoch vernachlässigt und nun forderte er grummelnd etwas zu essen ein.

Sie aß Cornflakes mit Milch und nebenher zwei Toast mit Marmelade. Ihre Mutter hatte neuerdings einen

Spleen und kochte allerlei Marmeladen aus den verrücktesten Mischungen. *Juttas Kirsch-Pflaumen-Zimt-Kreation,* las Maike auf dem Aufkleber des vor ihr stehenden Glases. Fehlte nur noch, dass Mark ihr einen Onlineshop einrichtete, über den sie ihre Marmeladen unter die Leute bringen konnte. Damit hing sie ihm in letzter Zeit ständig in den Ohren, ebenso wie damit, dass er in einer seiner Kolumnen Werbung für sie machen und über die Kunst des Marmeladekochens schreiben könnte. Als Mutter-Sohn-Gefallen sozusagen.

Nachdem Maike geduscht hatte, putzte sie Zähne und schlüpfte in Jeans und Pullover. Da ihr Heizkörper lauter denn je gurgelte, rief sie nochmals ihren Vermieter an, der mal wieder nicht ans Telefon ging.

Auf dem Weg zur Wache überquerte sie den Marktplatz und ging gedanklich durch, was heute auf ihrem Tagesplan stand.

»Guten Morgen, Maike«, rief Harry ihr von seiner Fressoase aus zu. »Die Gabi hat deinen Kaffee noch gar nicht geholt. Willst du ihn gleich selbst mitnehmen?«

Sie machte einen Schlenker und lief zu ihm. »Hallo, Harry. Wie könnte ich bei deinem Kaffee Nein sagen?«

Er reichte ihr den Becher aus dem Thekenfenster. »Soll ich für Lukas einen Tee machen?«

»Der hat immer noch Urlaub. Ich warte bereits sehnsüchtig auf seine Rückkehr.«

Er lachte. »Meine Gabi mag den Kleinen auch.«

Lukas war einen Kopf größer als Maike. Harry schien ihn schon lange zu kennen.

»Tach, allerseits«, grüßte Bruno.

»Moin, moin.« Gunnar hob zum Gruß die Hand und zwirbelte dann seinen Schnurrbart.

Maike fragte sich, ob die beiden wussten, dass sie von allen im Dorf die Tachmoiner genannt wurden. Allerdings ging sie stark davon aus. Die zugezogenen Rentner waren noch besser vernetzt als Gabi. Als ehemalige Polizisten hielten sie Augen und Ohren offen. Es konnte nie schaden, ein informatives Schwätzchen mit den beiden zu halten.

»Sagt mal, kennt ihr Anna Schmaus? Die hat hier ein Haus im Sandweg 7.«

Gunnar sah Bruno an. »Ney, die kennen wir nicht.«

»Wohnt dort nicht die Anneliese?«

»Ja, Frau Lehmann habe ich bereits kennengelernt«, antwortete Maike.

»Warum interessierst du dich für die Frau?«, erkundigte sich Harry und schob sich die Schiffchenmütze zurecht. Die weiße Kochschürze betonte seinen beachtlichen Bauch.

»Sie wurde vermisst gemeldet.«

»Ach Gottchen, das klingt aber gar nicht gut«, sagte Gunnar.

»Sag bloß, das hat mit Waldis Knochenfund zu tun?«, hakte Bruno nach.

Maike runzelte die Stirn. »Woher wisst ihr davon? Stand schon etwas darüber in der Presse?« Sie konnte bereits vor sich sehen, wie die Bürgermeisterin aus der Haut fuhr.

»Das hat mir der Christian Zumwinkel, das Herrchen vom Waldi, gestern beim Bäcker erzählt«, sagte Bruno.

»Beim Bäcker?« Sie verdrehte innerlich die Augen. Somit wusste es bald das ganze Dorf. Ein Gespräch mit den Eheleuten Zumwinkel stand auch noch auf ihrer Liste.

»Also liegt die vermisste Anna Schmaus im Wald? Ich meine, was in Teilen von ihr übrig ist?«, erkundigte sich Gunnar.

»Jetzt sei mal nicht so pietätlos«, schalt ihn Bruno.

»Da ist noch gar nichts erwiesen«, sagte Maike. »Solange ihr nicht überall herumerzählt, dass Anna Schmaus vermisst wird, könnt ihr euch gern mal umhören, ob jemand etwas mehr über sie weiß.«

Gunnar zwinkerte ihr zu. »Wo denkst du hin, Maike? Wir sind doch keine Anfänger.«

Sie sah Harry an, der andeutend seinen Mund verschloss und den unsichtbaren Schlüssel hinter sich warf. Gabi hatte ihm wahrscheinlich sowieso schon alles erzählt.

Maike lächelte. »Gibt's sonst was Neues aus unserem Dorf zu berichten?«

Gunnar grinste. »Der Dackel von den Zumwinkels war beim Nachbarn drüben und hat dessen Hündin bestiegen. Jetzt will der –«

»Das hat Gabi mir schon erzählt«, unterbrach sie ihn.

»Hilde Palmer ist im Stall gestürzt und hat sich das Bein gebrochen«, erzählte Bruno. »Da muss der Josef jetzt erst mal alleine klarkommen.«

Gunnar nickte. »Und habt ihr schon gehört, dass der Bauhof von Johannes Roth versteigert werden soll? Wie lange muss die Frau eigentlich einsitzen?«

»Die Gerichtsverhandlung steht erst noch bevor. Sie sitzt in U-Haft«, erklärte Maike.

Bruno verschränkte die Arme vor der Brust. »Für den Mord an ihrem Mann und zusätzlich noch Drogenhandel bekommt die sicherlich lebenslänglich aufgebrummt.«

»Ich weiß auch noch was Neues«, meldete sich Harry zu Wort. »Sandra Kuschel hat mittlerweile ihren vierten Ehemann vor die Tür gesetzt.«

Maike hob die Augenbrauen. »Du weißt nicht zufällig, warum?«

»Der ist bestimmt freiwillig abgedüst«, meinte Gunnar. »Es haben sich sowieso schon alle gefragt, wie lange der Peter es mit der Kuschel aushält. Im *Dorfkrug* hatten sie sogar Wetten laufen.«

»Meine Gabi hat mir gestern Abend erzählt, dass Peter wohl in Köln eine andere Frau kennengelernt hat«, berichtete Harry. »Letzte Woche ist er dann bei der Kuschel ausgezogen.«

Maike wurde hellhörig. Sie wunderte sich, dass Gabi ihr das noch nicht erzählt hatte. In Lukas' Abwesenheit musste sie sich mit dem Alltagswahnsinn des Niederteerbacher Reviers allein herumschlagen, kümmerte sich um die Digitalisierung des Archivs, eingehende Anzeigen und um Horst, der seine Arrestzelle eigentlich nie verlassen wollte. Ihr blieb einfach nicht die Zeit, in Ruhe mit Maike zu quatschen.

»Ich muss dann jetzt auch mal wieder los.« Sie hob zum Abschied die Hand.

Statt zur Wache schlug sie die Richtung zu Frau Kuschels Blumenladen ein. Seit sie gestern Abend die Kräutersammlung in Anna Schmaus' Hotelküche entdeckt hatte, wollte sie ihr sowieso einen Besuch abstatten. Nun hatte sie von Harry erfahren, dass Sandra Kuschels zukünftiger Exmann eine Geliebte in Köln hatte. Und Anneliese Lehmann hatte angegeben, Anna und ihr Verlobter hätten sich lauthals im Garten gestritten. Womöglich hatten Anna Schmaus und Peter Kuschel sich hier in Niederteerbach kennen- und lieben gelernt? Das würde bedeuten, für Sandra Kuschel und Simon Steinbach käme Eifersucht als Motiv infrage.

Maike rief Gabi an, um sie zu bitten, Steinbachs Alibi zu überprüfen. Die Blumenhändlerin würde sie sich gleich selbst vornehmen.

Eine Glocke ertönte, als sie das Blumengeschäft betrat. Neben der Tür gluckerte ein Luftbefeuchter, der einen intensiven ätherischen Duft verströmte. Dazu die vielen Blumen. Hier wurde man schon high, wenn man nur einen Fuß reinsetzte.

»Halli, hallo, hallöle.« Sandra Kuschel schwebte mit ihrem federnden Gang aus einem Hinterraum durch einen Fadenvorhang aus Perlen. Sie trug ein grobmaschiges buntes Strickkleid, das am Saum, auf Knöchelhöhe, aufdröselte. Ihre nackten Füße steckten in spitz zulaufenden Holzpantoffeln.

Maike trat zu ihr an die Verkaufstheke. »Guten Morgen.«

»Was kann ich denn für Sie tun, Liebelein?«, fragte Frau Kuschel und bewegte abwechselnd ihre Schultern auf und ab, als würde sie zu einer nicht vorhandenen Musik mitschwingen. Ihre Pupillen waren geweitet und die Lider halb geschlossen. Zweifellos hatte sie wieder zu viel von ihren Pilzen geraucht.

»Ich hätte gern einen schönen bunten Strauß.« Maike wollte nicht gleich mit der Tür ins Haus fallen und ihr erst einmal auf den Zahn fühlen.

Sandra Kuschel steckte sich einen Kugelschreiber in ihren unordentlich gedrehten Dutt, kam hinter der Theke hervor und tänzelte zu den in Vasen und Eimern dargebotenen Blumen. »Haben Sie eine Vorliebe für eine bestimmte Blume?«

Maike schüttelte den Kopf. »Nein, stellen Sie einfach was zusammen.«

»Jede einzelne Blume bewirkt ein Lächeln.« Sandra Kuschel zog eine Tulpe aus einem Eimer, roch an der Blüte und setzte einen verträumten Blick auf. »Dann nehmen wir vier rosa Ranunkeln, die lassen sich tief in ihr Blütenherz schauen, wenn sie sich öffnen.« Sie nahm ebendiese aus einer Vase, beugte sich dann über eine weitere, und streichelte die Blütenköpfe. »Und hier haben wir etwas für Romantiker. Die vielen Blüten der Hyazinthe verströmen den Duft von Frühling.«

»Hört sich gut an«, sagte Maike.

»Frische Mimose als tolles Evergreen«, faselte die Kuschel weiter vor sich hin. »Blumen kommen in einem Strauß erst richtig zur Geltung, wenn sie etwas Grün umspielt.«

Maike überließ sie ihrem Schwelgen, ging umher und schaute sich um. In einem Regal an der hinteren Wand standen neben den abgefüllten Kräutermischungen auch selbst gepresste Öle. Maike ertappte sich bei dem Gedanken, dass die selbst gekochten Marmeladen-Mischungen ihrer Mutter bei Frau Kuschel sicherlich gut ankommen würden und sie hier mit verkauft werden könnten.

Die Worte kamen schneller aus ihr heraus als sie wollte: »Würden Sie auch selbst gemachte Marmeladen verkaufen?«

»Machen Sie welche?«

»Nein, meine Mutter. Ganz urige Sorten.«

Frau Kuschels Augen leuchteten. »Wie wunderbar. Vielleicht könnte man die noch etwas aufpeppen mit Hanf oder dem ein oder anderen Aphrodisiakum ...«

Maike realisierte, dass sie im Begriff war, einen Fehler zu machen. Sie brauchte dringend noch einen Kaffee.

»Verkaufen Sie viele von den Kräutern?«

»Selbstverständlich, meine neueste Kreation, die Mischung aus Blutampfer, Beifuß, Winter-Bohnenkraut und Bärlauch ist derzeit der Renner.« Sie hielt eine Amaryllis in die Höhe. »Ein Hauch von Glamour für jede Dekoration.«

Maike wandte sich ihr wieder zu. »Ah, ja, das passt super. Ich möchte Anna Schmaus den Strauß schenken und sie liebt Deko.« Sie folgte Sandra Kuschel zurück zur Theke. »Kennen Sie sie?«

»Natürlich. Sie ist eine gute Kundin, wie alle hier im Dorf.«

»Anna hat mir von ihren Kräutern vorgeschwärmt«, log Maike. »Und sie findet Sie und Ihren Mann so nett.«

Mit einem Mal war Sandra Kuschel stocknüchtern. »Meinen Mann, besser gesagt zukünftigen Exmann, finden viele Frauen nett.« Sie rümpfte die Nase, nahm ein kleines Messer zur Hand und schnitt die Blumenstiele grober als nötig auf die gleiche Länge.

»Oh, heißt das, Sie haben sich von Ihrem Mann getrennt?«

Frau Kuschel schmiss das Messer auf den Arbeitstisch und legte in ihrer Hand mit ruppigen Bewegungen die Blumen aneinander. »Bei der Liebe verhält es sich wie mit einer Blume. Auch die Schönste vergeht.«

»Das tut mir leid.«

»Betrogen hat er mich. Einfach ausgetauscht wie einen alten Lappen.«

Maike legte sich die Hand auf die Brust und tat erschüttert. »Ich kann nicht verstehen, wie man sich auf einen verheirateten Mann einlassen kann. Kennen Sie denn die andere Frau?«

Sandra Kuschel ruckelte und zupfte an den Stielen, bis der Strauß ihrer Vorstellung entsprach. »Aus Köln ist sie, soviel ich weiß.«

Gerade kam Maike nicht weiter. Es war wohl an der Zeit, konkreter zu werden.

»Es handelt sich nicht zufälligerweise um Anna Schmaus?«

Frau Kuschel wickelte gerade Bastband oberhalb ihres Griffes um die Stiele und hielt inne. »Warum glauben Sie das?«

Maike achtete auf Sandra Kuschels Miene. »Anna Schmaus gilt als vermisst und ich versuche herauszufinden, ob ihr vielleicht etwas zugestoßen ist.«

Frau Kuschels Lider senkten sich noch weiter herab und ihr Blick wurde glasiger. »Moment mal ...« Sie schnappte nach Luft. »Glauben Sie etwa, ich habe Anna Schmaus etwas angetan?«

»Ich ziehe nur alle Möglichkeiten in Betracht. Falls sie die Geliebte ihres Mannes war, könnte das bedeuten –«

»Papperlapapp, Frau Schmaus und mein zukünftiger Exmann haben nichts miteinander zu tun.« Sie warf den fertigen Strauß vor Maike auf die Theke. »Wenn Sie hier schon einfach Leute bezichtigen wollen, dann schauen Sie doch mal bei Roland Hammer vorbei. Der hatte mal was mit Anna Schmaus und ich glaube, sie kauft gelegentlich Wildfleisch bei ihm.«

Maike legte den Kopf schräg. »Roland Hammer – der Jäger?«

Frau Kuschel verschränkte die Arme vor der Brust und sah sie mit erhobenem Kinn an. »Genau der.«

»Das werde ich tun«, entgegnete Maike, legte 40 Euro auf die Theke und deutete auf den Strauß. »Schicken Sie den bitte mit einem Gruß von mir zu Gabi Petzold auf die Wache.«

Ohne eine Verabschiedung verließ sie das Blumengeschäft. Roland Hammer. Ausgerechnet der Jäger, in dessen Waldgebiet die Leichenteile gefunden wurden. Na, wenn das mal kein Zufall war. Sie hatte einen weiteren Verdächtigen.

8. Kapitel

Zoe reichte dem Staatsanwalt über ihren Schreibtisch hinweg das Protokoll der bisherigen Obduktions-ergebnisse und beobachtete ihn, wie er durch die Seiten blätterte.

Sandro Grasso sah auf. »Wie lange wird es dauern, bis die Ergebnisse der DNA-Analyse vorliegen?«

»Ich hoffe auf morgen. Aber genau kann ich das nicht sagen. Es hängt immer davon ab, wie viel auf der Prioritätenliste weiter oben steht.«

Grasso nickte. »Diese Warterei kann ganz schön frustrierend sein, wenn die Ermittlungen deswegen ins Stocken geraten.«

Dieser Mann tat nicht einfach seinen Job, er war auch daran interessiert, dass der Fall zu einem erfolgreichen Abschluss kam.

»Ihre Schwägerin ist eine sehr engagierte Ermittlerin.« Er gab ihr das Dokument zurück.

Zoe zog die Schreibtischschublade auf und legte das Protokoll hinein. »Ja, sie will sie alle drankriegen.«

Er lehnte sich vor und betrachtete das gerahmte Bild auf ihrem Schreibtisch: ein Gruppenfoto ihrer Familie samt Maike und Hund im Garten. »Wie lange kennen Sie sich eigentlich schon?«

Sie sah ebenfalls zu dem Foto. »Maike und ich?«

Er nickte.

»Schon seit der Schule.«

Grasso lächelte. »Dann hat Maike Sie also mit ihrem Bruder verkuppelt?«

Hatte sie was verpasst oder warum sprach er nicht als Frau Pech von ihr?

»Nein, ehrlich gesagt musste sie sich erst daran gewöhnen, dass Mark und ich uns verliebt haben. Am Ende war sie trotzdem meine Trauzeugin.«

Er lehnte sich zurück und rieb sich mit dem Daumen über das Grübchen auf seinem Kinn. »Vom Heiraten hält Maike nicht so viel, habe ich den Eindruck«

»Äh ... ja, ich glaube, da ist sie nicht so der Typ für.« Sie hatte ohne jeden Zweifel etwas verpasst. Sobald Grasso gegangen war, würde sie Maike anrufen und ...

Als könnte diese ihre Gedanken lesen, leuchtete auf Zoes Display Maikes Name auf.

»Wenn man vom Teufel spricht«, sagte sie mit einem breiten Lächeln in Richtung Grasso und hob das Handy ans Ohr. »Hey, schön, dass du dich meldest. Gibt's was Neues?«

»Hey, ja, kann man so sagen. Ich glaub, ich bin da an was ganz Heißem dran.«

»Wirklich?« Zoe gab ihrer Stimme einen zuckersüßen Klang. »Den Eindruck habe ich auch.«

»Wovon sprichst du?«

»Wäre vielleicht ein Volltreffer.«

»Hast du was genommen oder steh ich auf dem Schlauch? Ich komme gerade von Sandra Kuschel. Kann sein, dass mir die ätherischen Öle zu Kopf gestiegen sind.«

»Seit wann kaufst du dir denn Blumen?«

»Seit ich in Anna Schmaus' Hotelküche Sandra Kuschels Kräutermischung entdeckt habe.«

»Okay, jetzt bin ich diejenige, die auf dem Schlauch steht. Was haben Kräuter mit Schnittblumen zu tun?«

»Hat Maike einen Zusammenhang zwischen Frau Kuschel und Frau Schmaus feststellen können?«, fragte Sandro Grasso in Maikes Antwort hinein.

»Ich habe gerade den Herrn Staatsanwalt vor mir sitzen«, ließ sie Maike wissen. »Herr Grasso weiß wohl besser als ich über den aktuellen Ermittlungsstand Bescheid. Soll ich mal weiterreichen?«

Einen Moment lang herrschte Stille.

»Bin ich auf Lautsprecher?«

»Nein.«

»Hat er etwas gesagt?«

Zoe verkniff sich ein Schmunzeln. »In Bezug worauf?«

Sie hörte, wie Maike tief durchatmete. »Erzähle ich dir heute Abend in Ruhe. Sag mal, du meintest doch, die Leiche wurde nicht fachmännisch zerstückelt. Einer, der Tiere schlachtet, kann dieses Wissen aber auch bei Menschen anwenden, oder?«

»Ja und nein. Es gibt Ähnlichkeiten und Unterschiede. Außerdem könnte ein Fachmann es genauso gut absichtlich falsch durchführen, um von sich abzulenken.«

»Hm … Das hilft mir nicht weiter. Auf den Spürhund kann ich auch nicht zählen. Die Fährte verliert sich an der Stelle, wo wir vor dem Wald geparkt haben.« Sie seufzte. »Richte Sandro bitte aus, ich denke, Frau Kuschel hat nichts mit Anna Schmaus' Verschwinden zu tun. Ob sie und ihr zukünftiger Exmann ein wasserdichtes Alibi haben, überprüft Gabi aber erst noch. Ich bin gerade auf dem Weg zum Jäger.«

So, so, Maike nannte den Staatsanwalt also Sandro. Jetzt war eindeutig, dass hier irgendetwas lief.

»Was willst du denn von einem Jäger?«

»Laut Sandra Kuschel hatte der mal was mit der Sterneköchin, außerdem liegen die Knochen auf seinem Waldstück und das macht ihn interessant. Blöderweise ist Lukas noch im Urlaub und Jens kann mir aufgrund des aktuellen Personalmangels niemanden schicken.«

Zoe runzelte die Stirn. »Soll das heißen, du willst gerade völlig allein zu einem Mann fahren, der vielleicht eine Frau getötet und zerstückelt hat?«

»Wenn ich mit den Ermittlungen vorankommen will, bleibt mir keine andere Wahl. Und außerdem habe ich meine Dienstwaffe dabei.«

»Warte auf mich, ich begleite dich. Ich bin hier eh fertig.«

Zoe stand auf, Sandro Grasso ebenso.

»Gibt es Probleme?«, fragte er.

»Was halten Sie denn von einem Date zu dritt? Es gäbe da einen potenziellen Mörder zu besuchen.«

Er machte große Augen. »Okay, ein Date zu dritt – das klingt spannend.«

»Zoe, du hast doch jetzt nicht etwa Sandro gefragt, ob–«

»Wo treffen wir uns?«, fiel sie ihr ins Wort.

Maikes Antwort kam zögerlich: »Ich wollte vorher beim Fundort vorbeischauen. Pöller und sein Team sind noch vor Ort und ich möchte mich da noch mal mit dem jetzigen Wissen umsehen.«

»Alles klar, dann treffen wir uns dort.« Zoe legte auf.

»Auf zu Maike«, sagte Grasso, wirbelte herum, und verließ vor ihr das Büro.

Sie starrte auf seinen Rücken, genau genommen die breiten Schultern. Hatte er gerade wirklich gesagt: ›auf zu Maike‹?

»Ja, auf zu Maike«, wiederholte sie und nahm sich vor, jedes noch so winzige Detail aus ihrer besten Freundin herauszuquetschen.

Draußen nahm Grasso sie mit unter seinen Schirm und begleitete sie bis zum Auto, bevor er sein eigenes aufsuchte. Zoe wartete an der Schranke auf ihn und fuhr dann voraus.

Sie platzte vor Neugierde und musste sich stark zurückhalten, Maike nicht gleich wieder anzurufen. Aber sie wollte sie nicht von der Arbeit ablenken und verließ sich letztlich darauf, bei ihrem abendlichen Telefonat alles zu erfahren.

Der Verkehr durch Köln floss zäh. Während sie an Ampeln warten mussten, warf sie hin und wieder einen Blick in den Rückspiegel und beobachtete Grasso, der die meiste Zeit telefonierte. Außerhalb der Stadt kamen sie schneller voran und doch kam es ihr ewig vor, bis sie in Niederteerbach ankamen.

Wie bei der nächtlichen Fahrt mit Maike wurde sie auf dem Waldweg durchgerüttelt. Vor dem Absperrband standen auch heute ein Streifenwagen, die Kleintransporter der Spurensicherung, ein verrosteter Jeep und Maikes brauner Nissan Cube. Sie diskutierte mit zwei Polizisten und einem älteren Herrn. An ihre bunte Ohrenklappenmütze würde Zoe sich nie gewöhnen.

»Man wird ja wohl mal erfahren dürfen, was sich neben dem eigenen Stück Land abspielt«, schimpfte der Alte gerade, als Zoe ausstieg.

»Herr Palmer, jetzt beruhigen wir uns mal«, sagte Maike. Sie warf Zoe und Grasso einen kurzen Blick zu und nickte zur Begrüßung.

»Gerade von Ihnen hätte ich mehr Verständnis erwartet.« Herr Palmer wischte sich mit der Hand die tropfende Nase ab und ging einen Schritt auf Maike zu. »Wir zwei kennen uns doch.«

Sie reichte ihm unaufgefordert ein Taschentuch. »Ich darf Ihnen leider keine Auskunft geben.« Maike fasste ihn an der Schulter und geleitete ihn zu dem Jeep.

»Es hat mit unserem Jäger zu tun, hab ich recht?« Er schnaubte ins Taschentuch und konnte dabei durchaus einem Elefanten Konkurrenz machen. »Ich hab es Ihnen gleich gesagt, der Roland Hammer ist mir schon lange ein Dorn im Auge. Der ballert wie ein Irrer durch die Gegend und trifft alles, nur nicht das, was er soll.«

Zoe schluckte. Und diesem Mann wollten sie ernsthaft gleich zu dritt gegenübertreten?

Maike öffnete dem Alten die Tür. »Sie brauchen sich wirklich keine Sorgen zu machen. Fahren Sie jetzt zu Ihrer Hilde ins Krankenhaus und grüßen Sie sie von mir. Ich hoffe, Sie kommt schnell wieder auf die Beine.«

Herr Palmer rieb sich die von roten Äderchen überzogenen Wangen und verzog mürrisch die bleichen aufgeplatzten Lippen. Dann stieg er mühsam in seinen Jeep und würgte den Motor beim Losfahren ab. Der zweite Versuch war erfolgreich, auch wenn der Wagen nun laut aufheulte, während er im Zickzack davonfuhr.

»Seinen Führerschein sollte man besser einziehen«, sagte einer der Polizisten.

»Er hat nicht mal einen«, flüsterte Maike in Zoes Richtung und lotste sie und Grasso zu ihrem Kofferraum.

Nachdem Maike alle mit Schutzanzügen und Füßlingen ausgestattet hatte, ließen sie die Absperrung hinter sich und drangen in den Wald vor.

»Ich bin doch ganz froh, dass ihr gekommen seid«, sagte sie und hielt für Zoe einen tiefhängenden Zweig beiseite. Der Blick, den Sandro Grasso ihr zuwarf, als sie ihn ebenfalls passieren ließ, entging Zoe nicht.

»Zutritt nur mit heißem Tee«, rief Walter Pöller ihnen entgegen.

»Die überschwängliche Freude über meinen spontanen Besuch muss reichen«, entgegnete Maike.

Pöller kam näher. »Was verschafft mir denn die Ehre?«

»Kommen Sie gut voran?«, erkundigte Maike sich.

»Ja, aber es wird schwieriger. Die Tiere haben die Überreste in der Gegend verteilt.« Er sah Zoe an. »Leider haben wir den Kopf und den Torso bis jetzt nicht entdeckt. Die zweite Hand habe ich Ihnen vor einer halben Stunde ins Institut geschickt.«

Sie nickte. »Schaue ich mir morgen früh gleich als Erstes an.«

»Haben Sie eventuell Munition eines Jagdgewehrs gefunden?«, fragte Maike.

»Ja, heute morgen bei dem Försterstand dort drüben.« Walter Pöller deutete zu einer kleinen Anhöhe.

»Glauben Sie, der Jäger hat die Frau hier erschossen?«, meldete sich Sandro Grasso zu Wort.

»Nein, der Fundort ist nicht der Tatort, das ist schon geklärt. Die Hunde haben an keiner Stelle eine versickerte Blutlache gefunden. Uns wäre nicht verborgen

geblieben, wenn die Leiche hier zerstückelt worden
wäre.«

Zoe schaute hinüber zum Hochstand. »Nehmen Sie
bitte von dem Sitz und der Leiter ein paar Oberflächen-
proben«, trug sie Pöller auf. »Ich möchte die DNA des
Jägers mit einer Fremd-DNA, die ich auf einem Hautstück der Leiche gefunden habe, abgleichen lassen.«

»Geht in Ordnung«, erwiderte er und pfiff nach seinem Team. »Der Jäger hat heute übrigens mal vorbeige-
schaut und wollte wissen, wie lange das hier noch dauern soll. Hier ist wohl eine beliebte Wühlstelle der
Wildschweine. Unangenehmer Zeitgenosse.«

Maike stieß die Luft aus. »Und wer darüber Bescheid
weiß, dass Allesfresser an diesem Platz gern den Boden
durchkämmen, hält das sicherlich auch für einen geeigneten Ort, um Leichenteile loszuwerden.«

9. Kapitel

Sie parkten die Autos hintereinander am Rand des Forstwegs. Roland Hammers Haus stand auf einer kleinen Lichtung, sein Geländewagen direkt vor der Haustür. Es gab keinen Zaun und keinen Garten. Sie liefen über Schotter, verdorrtes Gras und Unkraut. Die Außentreppe zierten Töpfe mit erfrorenen Pflanzen.

Maike verzog angewidert das Gesicht. »Idyllisch.«

»Ganz ehrlich, ich hab Gänsehaut«, flüsterte Zoe.

»Ich pass auf euch auf«, erwiderte Maike, öffnete ihren Parka und legte die Hand auf ihre Dienstwaffe. Ihr war selbst mulmig zumute, das wollte sie den beiden jedoch nicht unbedingt auf die Nase binden.

Sandro übersprang einen Wassergraben und verschwand im Dickicht. Maike dachte erst, er müsse sich erleichtern. Doch da kam er auch schon mit einem knüppellangen Ast zurück.

»Soll ich mein Pfefferspray noch aus dem Auto holen?«, fragte Zoe.

Maike atmete tief durch. »Klar, und ein paar Ersatzpatronen für meine Dienstwaffe gleich mit.« Sie verdrehte die Augen. »Wir sind doch kein Mordkommando.« Sie sah Zoe und Sandro an. »Es ist nicht erwiesen, dass er unser Täter ist. Und jetzt beruhigt euch, ihr macht mich sonst auch noch ganz wuschig.«

»Ich bin nicht wuschig, sondern panisch«, erwiderte Zoe.

»Dann geh zurück ins Auto. Ihr solltet gar nicht hier sein.«

»Ich klingle da jetzt und ihr bleibt hinter mir«, sagte Sandro.

Maike schüttelte den Kopf, das war ihr Job. Sie drängte sich an ihm vorbei und ging die sechs Stufen der Außentreppe hinauf. Eigentlich hätte sie sich vorher gern noch etwas umgesehen, aber falls Roland Hammer ihr Kommen bemerkt hatte und sie aus der Deckung heraus beobachtete, wollte sie hier draußen nicht unbedingt als Zielscheibe dienen.

»Wir sind bei dir«, sagte Sandro hinter ihr.

Der schrille Klingelton ließ sie zusammenzucken. Ihr Herzschlag war abseits der Norm. Sie musterte die einst grün gestrichene Holztür, deren Farbe ausgeblichen war und abblätterte. Ihre Konzentration lag auf der Türklinke und ihre Hand auf der Dienstwaffe im Holster.

Niemand öffnete.

»Ich sehe mich mal auf dem Grundstück um«, sagte sie und zwängte sich an Zoe und Sandro vorbei die Stufen hinunter.

»Vielleicht sollten wir noch mal klingeln.« Zoe war sofort wieder an ihrer Seite. »Womöglich hat er es nicht gehört.«

»Falls er zu Hause ist, hat er es mit Sicherheit gehört«, erwiderte sie. »Ich jedenfalls habe von der Klingel einen Ohrenschaden davongetragen.«

»Der ist hier bestimmt irgendwo«, sagte Sandro. »Sein Auto steht da.« Er heftete sich an ihre andere Seite und sie liefen um das Haus herum.

Von einem Garten und dem Hausbesitzer fehlten jede Spur. Die Fläche wirkte wie eine Müllhalde. Ein ausrangierter verrosteter Wagen ohne Kennzeichen, daneben aufgestapelte Reifen. Gerätschaften, bei denen Maike keine Ahnung hatte, worum es sich handelte. Einen Rasenmäher-Traktor konnte sie zuordnen. Zusammengebundene Müllsäcke und drei Fässer.

»Ich denke, da sollte zuerst die Spurensicherung einen Blick hineinwerfen«, flüsterte Zoe, als Maike gerade denselben Gedanken hatte.

»Was der hier alles mitten im Wald lagert, entspricht bestimmt nicht den Brandschutzbestimmungen«, sagte Sandro.

Das hätte Lukas sicherlich auch angemerkt.

Gegenüber vom Haus befand sich ein Holzschuppen. Die Tür stand einen Spalt breit offen. Darin war es still.

»Bleibt zurück«, wies Maike die beiden anderen an. Sie festigte den Griff um ihre Waffe und ging näher heran.

Der Gestank war das Erste, was sie bemerkte. Sie zögerte kurz, streckte dann die Hand nach der Tür aus und zog sie weiter auf. Das quietschende Geräusch, das sie dabei verursachte, spürte sie in allen Nervenenden.

»Herr Hammer?«

»Brauchst du Hilfe?«, raunte Zoe und hielt dabei das Smartphone mit eingeschalteter Taschenlampen-funktion in die Höhe.

Wo war hier der verdammte Lichtschalter? Maike richtete ihren Blick in die Finsternis und tastete neben der Tür nach einem Schalter. Der penetrante Geruch stieg ihr in die Nase. Sie atmete durch den Mund, verengte die Augen.

Schemenhaft sah sie in der hinteren Ecke eine Gestalt. Wenn der Jäger sie erschießen wollte, hätte er es in genau diesem Moment getan.

»Herr Hammer ...«

Ihre Hand, mit der sie an der Wand nach einem Lichtschalter suchte, streifte einen Knubbel. Sie drückte ihn nach unten und wich augenblicklich zurück, als das Licht den Innenraum erhellte. Beinahe hätte sie geschrien.

Am anderen Ende des Raumes hing ein ausgeweideter Eber an einem Haken von der Decke. Unter ihm bildete sich eine Blutlache. Auf einem Werktisch daneben lagen verschiedene Schlachtmesser und Scheren mit angetrocknetem Blut. Maike hoffte inständig, dass das Blut von dem Wildschwein und nicht von Anna Schmaus stammte.

»Ach du Scheiße«, stieß Sandro aus, als er hinter ihr im Türrahmen auftauchte.

Ohne den Blick von dem Werktisch abzuwenden, ging sie rückwärts. Sie durften diesen Platz nicht mit ihrer Anwesenheit verunreinigen. Maike konnte Pöllers mahnenden Blick quasi körperlich spüren. Er würde hier alle Hände voll zu tun haben.

Gerade wollte sie sich abwenden, da sah sie neben dem Tisch, an die Wand gelehnt, eine Axt stehen. Eine Gänsehaut überzog sie von den Füßen bis zum Nacken. Das Wachsgießen war ein schlechtes Omen gewesen. Sie schob Sandro konsequent hinaus und rang draußen nach Atem.

»Will ich wissen, was da drinnen los ist?«, fragte Zoe und wurde von einer tiefen Stimme unterbrochen.

»Was zum Geier haben Sie auf meinem Grundstück zu suchen?« Roland Hammer trat mit geschultertem Beil und einem Sack voller Brennholz aus dem umliegenden Dickicht.

»Guten Tag, Herr Hammer«, sagte Maike, nachdem er stehen geblieben war und sie sich vom Schreck über sein plötzliches Auftauchen innerlich zur Ruhe gezwungen hatte.

Immerhin machte er keine Anstalten, mit dem Beil auf sie loszugehen.

»Ich bin Kriminalhauptkommissarin Pech.« Sie hielt ihre Marke in die Höhe. »Meine Kollegen und ich wollen Sie gar nicht lange stören. Wir haben nur ein paar Fragen zum Leichenfundort im Wald. Immerhin kennen Sie dieses Waldgebiet am besten.«

Roland Hammer war ein Hüne mit schwarzem Haar und Vollbart, unwillkürlich musste sie an den Räuber Hotzenplotz denken. Er runzelte die hohe Stirn und sah von ihr zu Sandro und Zoe.

»Ich habe diesen Hampelmännern mit den weißen Anzügen schon gesagt, dass die Wildschweine an dieser Stelle gern zugange sind. Solange die dort wie die Schlümpfe herumspazieren, bekomme ich nur schwer eins vor die Flinte.«

»Sie wissen aber schon, was die Männer und Frauen dort tun?«, fragte Zoe.

Er kam auf sie zu, weshalb sie alle einen Schritt zurückwichen. Doch er lief an ihnen vorbei und brachte den Sack voller Brennholz in den Schuppen. Auch das Beil ließ er dort zurück. So gestaltete sich das Gespräch doch gleich angenehmer.

»Es ist ziemlich kalt hier draußen.« Maike fuhr sich über die Ärmel ihres Parkas, um diese Aussage zu unterstreichen. »Könnten wir uns vielleicht in Ihrem Haus weiter unterhalten?«

»Soll ich Ihnen auch noch Kaffee und Kuchen servieren?« Hammer spuckte seitlich aus und streifte ihre Schulter beim Vorbeigehen.

»Wie ich schon sagte, es wird nicht lange dauern«, erwiderte sie und folgte ihm.

Sandro warf unauffällig seinen Stock weg. Er und Zoe schlossen sich ihr an.

Nachdem sie die Außentreppe ein zweites Mal erklommen hatten, standen sie in einem kleinen Flur, in dem sich das Pflanzensterben fortsetzte. Beim Anblick der herumliegenden Schuhe, von deren Sohlen sich der Dreck über den ganzen Fußboden verteilte, hatten Zoe und Maike denselben Gedanken: Hier ließen sich einige Proben nehmen.

Da Roland Hammer seine Stiefel beim Gang in die Küche anbehielt, legte auch Maike ihre Boots nicht ab. Es roch stark nach Zigarettenrauch. Der Linoleumboden wirkte matt und abgenutzt. Die Gardinen waren vermutlich vor etlichen Jahren mal weiß gewesen.

»Können wir es hinter uns bringen, ich hab noch zu tun.« Roland Hammer zündete sich eine Zigarette an, ging zum Fenster und sah hinaus.

Er hatte ihnen keinen Platz angeboten. Beim Anblick der fleckigen Eckbank und des speckig glänzenden Tisches hätte sie das Angebot auch abgelehnt. Sie konnte nicht glauben, dass eine Sterneköchin einmal mit diesem Mann zusammen gewesen sein sollte. Vielleicht hatte Sandra Kuschel sich geirrt oder gelogen? Oder hatte er nach der Trennung den Bezug zum Leben verloren?

»Kennen Sie Anna Schmaus?«

Er wandte sich ruckartig zu Maike um. »Was interessiert Sie das?«

»Mir wurde berichtet, dass sie gelegentlich bei Ihnen Wildfleisch kauft.«

Hammer nahm einen tiefen Zug von seiner Zigarette und blies ihr den Qualm entgegen. »Und?«

Sie unterdrückte ein Husten, Zoe hatte diesbezüglich weniger Erfolg.

Roland Hammer setzte ein selbstgefälliges Grinsen auf. Mit der Kippe im Mund zog er seine Jacke aus.

»Seit wann kennen Sie Anna?«

»Ich will wissen, warum Sie das überhaupt interessiert.«

»Ist es richtig, dass Sie mal ein Paar waren?«

»Das geht Sie nichts an.«

»Da Anna Schmaus vermisst wird, tut es das durchaus.«

Er erstarrte, schien direkt durch sie hindurchzusehen. Einige Sekunden vergingen, dann nahm er die Zigarette aus dem Mund und warf sie ins Waschbecken. »Lassen Sie mich in Ruhe«, zischte er und wollte sich an ihr vorbeidrängen.

»Wir sind hier noch nicht fertig, Herr Hammer!«

Er baute sich vor ihr auf. Maike wich nicht zurück, sie durfte jetzt keine Angst zeigen. Aus dem Augenwinkel sah sie, dass Sandro einen Schritt näher gekommen war; er wirkte angespannt.

»Herr Hammer, bitte beruhigen Sie sich. Wir wollen nur mit Ihnen reden.«

Hammer rückte die Trachtenweste zurecht und warf allen dreien einen vernichtenden Blick zu. »Verschwinden Sie aus meinem Haus!«

Maike nahm seine Weste genauer in Augenschein, bemerkte, dass in der Knopfreihe der oberste fehlte und die übrigen jeweils ein eingeprägtes Eichenblatt zierte. Die Knöpfe seiner Weste waren mit dem, den sie im Haus von Anna Schmaus gefunden hatte, identisch. Vielleicht war es gar nicht Annas Verlobter gewesen, der mit ihr im Garten gestritten hatte, kam ihr in den Sinn. Immerhin hatte er behauptet, schon lange Zeit nicht mehr vor Ort gewesen zu sein. Aber Roland Hammer war es definitiv gewesen.

Sie musste die Gelegenheit nutzen und ihn vorläufig verhaften. Alle Indizien sprachen gegen ihn. Dieser Mann strahlte eine ungemeine Aggressivität aus und es war nicht auszuschließen, dass er das Weite suchte, wenn er selbst zum Gejagten wurde. Walter Pöller und sein Team mussten hier tätig werden, bevor er Spuren verwischte. Das Blut auf den Schlachtmessern und der Axt sowie die Fässer sollten sie sich zuallererst vornehmen.

»Sie werden mich jetzt aufs Revier begleiten«, sagte Maike. »Und dort werden wir uns darüber unterhalten, ob Sie mir sagen können, wo ich Anna Schmaus finde.«

Dass es sich mit hoher Wahrscheinlichkeit um ihre Überreste handelte, die in seinem Waldstück gefunden wurden, erwähnte sie nicht. War er der Täter, verriet er sich mit etwas Glück selbst, indem er es von sich aus zur Sprache brachte.

»Ich komme garantiert nicht mit Ihnen mit. Was weiß ich, wo die steckt.«

»Herr Hammer, ich glaube, Ihnen ist die Lage noch immer nicht bewusst. Sie stehen unter dem dringenden Tatverdacht, etwas mit Anna Schmaus' Verschwinden zu tun zu haben. Daher nehme ich Sie hiermit vorläufig fest.«

»Sie können mich mal!«

Er hastete an ihr vorbei. Doch Zoe stellte ihm ein Bein und er kam ins Stolpern. Sandro und Maike holten ihn ein, packten ihn von hinten an den Armen und drängten ihn im Flur gegen die Wand. Gemeinsam hielten sie ihn fest, bis sein Widerstand erstarb, Maike die Handschellen von ihrem Gürtel löste und sie um seine Handgelenke einrasten ließ.

»Ich hab nichts mit Annas Verschwinden zu tun«, stieß er aus.

»Bei der Aktion gerade fällt es mir schwer, das zu glauben«, erwiderte sie.

Sandro hielt Roland Hammer weiterhin fest.

Sie nickte ihm zu und griff nach ihrem Smartphone. Gleichzeitig bat sie Zoe, die noch in der Tür zur Küche stand und ihre Hände zu Fäusten geballt vor der Brust hielt, die Spurensicherung anzufordern.

»Bist du vorangekommen?«, fragte Jens, als er Maikes Anruf entgegennahm.

»Kann man so sagen. Ich habe einen vorläufigen Haftbefehl für Roland Hammer erwirkt«, sagte sie, obwohl sie den noch nicht einmal beantragt hatte. Sie warf Sandro einen flehenden Blick zu, woraufhin er ihr mit einem Nicken bestätigte, dass er sich darum kümmern würde.

»Ist das von der Staatsanwaltschaft abgesegnet?«, erkundigte sich Jens im selben Moment.

Maike lächelte Sandro an. »Ja, Staatsanwalt Grasso ist, sagen wir mal, involviert.« Sie ging nach draußen, damit Hammer nicht alles von dem Gespräch mit ihrem Chef mitbekam. »Schick mir bitte ein paar Leute, die ihn nach Köln in die U-Haft bringen. Ich möchte die Vernehmung auf morgen früh verlegen, um vorher die Auswertung einer Speichelprobe und erste Ergebnisse der Hausdurchsuchung abzuwarten.«

»Die du auch mit der Staatsanwaltschaft abgesprochen hast?«, hakte Jens nach.

Maike sah in den Flur hinüber, wo Sandro den Jäger im festen Griff hatte. Sie schmunzelte. »Ja, das geht klar.«

»Okay, dann veranlasse ich alles und schicke dir einen Streifenwagen.«

»Danke.« Sie legte auf.

Zoe kam nach draußen und schob ihr Smartphone ebenfalls in die Jackentasche. »Walter Pöller schaut gleich vorbei.«

»Sehr gut.«

»Wir haben den Richtigen, oder?«

Maike ließ den Blick über das trostlose Grundstück schweifen. »Das hängt vom Verlauf der Vernehmung ab und davon, welche Spuren wir finden und wie schnell wir die Ergebnisse bekommen. Habe ich nichts gegen ihn in der Hand, muss ich ihn in 24 Stunden wieder freilassen.«

10. Kapitel

Nachdem die Spurensicherung eingetroffen war, Zoe dem Tatverdächtigen eine Speichelprobe entnommen hatte, und Roland Hammer im bestellten Streifenwagen von zwei Kollegen abgeführt worden war, brachen sie zu dritt zum Niederteerbacher Revier auf.

Maike musste sich auf die morgige Vernehmung vorbereiten. Sandro telefonierte und wollte sich schnellstmöglich an einen Rechner setzen, um den Haftbefehl und die Hausdurchsuchung offiziell zu machen, und Zoe musste noch mal auf die Toilette, bevor sie nach Köln aufbrach.

Sie parkten nebeneinander vor dem Rathaus und gingen die Stufen hinauf. Sandros Blick sprach Bände, als sie das Gebäude betraten.

Als Maike zum ersten Mal mit dem eigentümlichen Charme des Achtzigerjahre-Baus konfrontiert worden war, hatte ihre Miene sicherlich eine ähnliche Verwunderung widergespiegelt. Draußen hatte man die Treppe nachträglich mit einer Rampe barrierefrei gemacht – dass es im Gebäude aber auch Stufen gab, die zu den Ämtern führten, interessierte scheinbar niemanden. Bei dem seltsamen grauen Gelb auf den rau verputzten Wänden wusste sie bis heute nicht, ob es sich um den gewollten Farbton handelte oder ob früher zu viel auf den Fluren geraucht worden war.

»Eigen, behördlich und klinisch trifft es wohl am besten«, sagte sie zu Sandro und zuckte mit den Schultern.

Er beendete gerade sein Telefonat mit der Richterin und lächelte sie an. »Auf jeden Fall gewöhnungs-bedürftig.«

Zoe lief ihnen im Gang voraus. »Es wundert mich, dass eure engagierte Bürgermeisterin hier nicht längst eine Modernisierung in Auftrag gegeben hat.«

»Schsch ...« Maike sah sich um. »Sag ihren Namen nicht zu laut. Sie kann Mäuse husten hören und steht sofort auf der Matte.«

Sie kamen am Standesamt und danach an der Tür zu den Arrestzellen vorbei, aus der man Horst lautstark singen hörte.

»Ich steck dir einen Blumenstrauß. Der sieht so lieblich aus ...«

»Das kommentiere ich nicht«, sagte Maike, während Zoe zu den Toiletten abbog, und schloss ihr Büro auf. Sie hängte ihren Parka an einen Haken neben der Tür und stopfte die Ohrenklappenmütze in den Ärmel.

»Noch gewöhnungsbedürftiger«, sagte Sandro und sah zu dem halben Fenster. Dann glitt sein Blick zur Decke, wo die Lichtleiste knapp neben der Rigips-Wand und nicht in der Raummitte angebracht war.

»Ja, der Arbeitsplatz ist super ausgeleuchtet«, erwiderte Maike und klopfte gegen die Wand. »Gabi?«, rief sie.

»Soll ich das Fenster kippen?«, kam es ebenfalls rufend zurück.

»Ja, bitte.«

Das Fenster öffnete sich wie von Geisterhand.

»Willkommen in meiner Welt. Oder sollte ich sagen: in meinem ganz persönlichen alltäglichen Wahnsinn?«

Sie schaltete den Computer ein und bot Sandro ihren Schreibtischstuhl an. Im Aktenschrank hatte sie noch einen alten Laptop und setzte sich mit diesem Sandro gegenüber auf den Holzstuhl.

Zoes kam herein und hatte Gabi im Schlepptau, deren ständige gute Laune Maike immer wieder aufs Neue beeindruckte.

»Hallo, miteinander.« Gabi stockte bei Sandros Anblick.

Er stand auf, ging auf sie zu und reichte ihr die Hand. »Hallo, Frau Petzold. Ich bin Sandro Grasso, wir haben schon gelegentlich telefoniert.«

»Oh, ja, fein. Ich bin die Gabi. Sagen Sie ruhig Du zu mir. Das machen alle.«

Als er sich wieder setzte, warf sie Maike einen entzückten Blick zu. Zoe schmunzelte.

»Wir haben einen neuen Tatverdächtigen«, ließ Maike Gabi wissen und berichtete ihr in aller Kürze die Details.

Die hielt sich die Hand vor den Mund. »Der Hammer? Der war mir noch nie ganz geheuer.«

»Wie weit bist du mit den Alibis?«, erkundigte sich Maike.

»Der Verlobte von Anna Schmaus hat eins. Zumindest an dem Tag, wo die Anneliese den Streit im Garten mitbekommen hat. Er war bei seinem Psychologen.« Gabi lächelte, kam auf sie zu und blieb kurz vor dem Stuhl stehen. »An Sandra Kuschel bin ich noch dran.« Sie ergriff Maikes Hände. »Vielen Dank für die schönen Blumen. Womit habe ich die denn verdient?«

»Dafür, dass du hier ohne Lukas alles allein am Laufen hältst.«

Gabi beugte sich zu ihr herab und schloss sie derart fest in die Arme, dass sie kaum Luft bekam.

»Lukas hat übrigens angerufen«, sagte Gabi, nachdem sie sich wieder aufgerichtet hatte. »Er hat gefragt, ob er morgen schon zur Arbeit kommen darf. Die Familie ist seit zwei Tagen aus der Türkei zurück und ihm ist langweilig. Dabei hat er vom letzten Jahr noch Urlaubstage übrig.«

Maike legte die Handflächen aufeinander. »Sag mir bitte, dass du zugestimmt hast.«

Sie nickte.

Nun war es Maike, die aufstand und Gabi umarmte. »Ein Lichtblick am Ende des Tunnels. Schick ihn morgen früh bitte gleich ins Kölner Präsidium. Ich möchte ihn gern bei der Vernehmung von Roland Hammer dabeihaben.«

»Geht klar. Kann ich dir noch etwas von deiner Liste abnehmen?«

»Anna Schmaus' Handy wurde noch nicht gefunden. Nimm doch bitte noch mal mit ihrem Verlobten Simon Steinbach Kontakt auf, ob er eventuell das Passwort von ihrem E-Mail-Account weiß.«

Gabi nickte.

»Ich müsste eigentlich auch noch mit den Zumwinkels sprechen, vermute aber, die können mir nicht mehr sagen, als sie den Kollegen am Fundort schon zu Protokoll gegeben haben«, setzte sie nach. »Und wir müssen herausfinden, ob der zukünftige Exmann von Frau Kuschel Anna Schmaus kannte und vielleicht sogar ein Verhältnis mit ihr hatte.«

»Dann verfolgst du also auch diese Spur trotz Roland Hammers Festnahme weiter?«, fragte Zoe.

»Noch ist er nicht geständig. Sein Verhalten ist seltsam und ein Knopf seiner Weste lag in Annas Haus, was darauf hindeutet, dass er erst kürzlich dort war. Irgendetwas verbirgt er. Aber ich muss weiterhin in alle Richtungen ermitteln, solange mir die Beweise fehlen.«

Zoe knöpfte ihren Mantel zu. »Ich schaue wohl doch gleich noch mal im Institut vorbei und nehme mir die zweite Hand der Toten vor. Vielleicht kann ich dir bis morgen noch einen neuen Hinweis liefern.«

»Das wäre super. Ich muss bestmöglich vorbereitet sein, wenn ich diesem Jäger morgen gegenübersitze.«

»Möchtest du dir noch etwas Kuchen mitnehmen?«, fragte Gabi an Zoe gewandt. »Ist selbstgebacken.«

»Mit Süßem kannst du bei Zoe nicht punkten«, antwortete Maike für Zoe. »Aber ich würde nicht Nein sagen.«

»Einen Kaffee dazu?«

»Oh, das klingt fantastisch«, sagte Sandro.

Maike schüttelte unauffällig den Kopf.

Zoe verabschiedete sich von ihnen und Gabi eilte in ihr Büro. Maike blieb allein mit Sandro zurück. Sie schaltete den alten Laptop ein. Mal sehen, was sich über die Sterneköchin noch herausfinden ließ.

»Ich müsste was ausdrucken«, sagte Sandro.

»Der Drucker steht nebenan bei Gabi.« Maike deutete auf die Wand, ohne von ihrem Bildschirm aufzusehen.

Sandro verließ den Raum und sie konzentrierte sich darauf, was das Internet über Anna Schmaus ausspuckte. Sie hatte eine steile Karriere hinter sich, war sogar für eine TV-Kochshow im Gespräch. Da gab es doch sicherlich Neider.

Es verging eine halbe Stunde, ohne dass Sandro zurückkehrte. Gelegentlich hörte sie Gabi herzlich durch die dünne Wand lachen und musste schmunzeln. Als er ihr Büro schließlich wieder betrat, hatte er die ausgedruckten Papiere unter den Arm geklemmt und trug ein Tablett, das mit zwei Tellern Kuchen und einer großen Tasse Kaffee beladen war. Er stellte es in der Mitte des Tisches ab und setzte sich wieder auf ihren Schreibtischstuhl.

»Ich habe ein schlechtes Gewissen, dass ich deinen Platz blockiere«, sagte er.

»Du glaubst nicht ernsthaft, dieser klapprige, angeblich ergonomische Schreibtischstuhl ist besser als dieses Schmuckstück hier?« Sie klopfte seitlich gegen ihren harten Holzsitz. »Außerdem habe ich echt was gut bei dir. Danke, dass du dich nachträglich so schnell um die Genehmigungen gekümmert hast. Das erspart mir echt Ärger.«

»Gern geschehen.« Er lächelte sie an. »Ich will diesen Mistkerl genauso drankriegen wie du.«

Maike hob den Daumen und widmete sich wieder ihrer Recherche. Sie spürte Sandros Blick auf sich ruhen, sah aber erst auf, als er die Tasse an seine Lippen führte. Er verzog das Gesicht, als würde er auf eine Zitrone beißen und sie biss sich auf die Zunge, um nicht lauthals loszulachen.

»Glaub nicht, ich sehe nicht, dass du lachst.«

»Tue ich gar nicht.« Sie presste die Lippen zusammen und schüttelte den Kopf.

»Du hast mich diesen Kaffee bestellen und trinken lassen, obwohl du weißt, dass er ungenießbar ist.«

Maike zuckte mit den Schultern. »Ich finde, diese Erfahrung sollte jeder mal gemacht haben.«

Sie prusteten beide los.

»Dafür bekommst du irgendwann eine Revanche.«

Es war verrückt, wie lockerleicht sie mit Sandro umgehen und lachen konnte. Noch vor wenigen Tagen hatte sie den Staatsanwalt für einen unnahbaren Kollegen gehalten. Und jetzt fühlte sie sich in seiner Gegenwart richtig wohl.

»Hast du irgendwo Heftklammern?«, fragte er.

Sie biss in ein Stück Kuchen. »In der obersten Schreibtischschublade«, erwiderte sie kauend.

Sandro zog das Schubfach heraus. »Was sich einem hier alles so offenbart ...« Er hob die angebissene Tafel Schokolade in die Höhe.

»Hände weg von meinem Marzipan. Da verstehe ich keinen Spaß. Wenn später ein Stückchen fehlt, hast du ein Problem.«

Er lachte, legte sie zurück und heftete die Blätter aneinander. »Ich muss leider wieder nach Köln. Der Termin mit der Richterin findet in zwei Stunden statt.«

»Je schneller sie ihre Unterschrift unter die Genehmigungen setzt, desto besser«, entgegnete sie und stand ebenfalls auf.

Sie traten aufeinander zu und sie streckte ihm die Hand entgegen.

Er ergriff sie nicht. »Was liegt heute noch bei dir an?«

»Ich bereite mich auf die Vernehmung vor. Und dann gehe ich bald nach Hause. Für morgen muss ich ausgeschlafen sein.«

Sandro nahm ihre Hand in seine. »Ich wünsche dir viel Erfolg. Lass mich im Anschluss bitte wissen, wie es gelaufen ist.«

»Das ist ein Skandal!« Sabine Graefe platzte zur Tür herein. Sie blieb abrupt stehen und starrte beide an.

Maike entzog Sandro die Hand.

»Das ist unsere Bürgermeisterin.«

Er nickte Frau Graefe zu, was sie mit einer graziösen Haltung erwiderte. Neben der Tür nahm er seinen Mantel vom Haken und drehte sich beim Hinausgehen noch einmal zu Maike um. »Wir hören uns morgen.«

Sie nickte, verkniff sich aber unter Sabine Graefes Beobachtung ein Lächeln.

»Und das war …?«, fragte diese mit einer unbekannten sanften Stimme, die Maike noch nie gehört hatte, nachdem er gegangen war.

»Der Staatsanwalt.« Maike ging um ihren Schreibtisch herum und setzte sich. »Was kann ich für Sie tun?«

»Das halbe Dorf weiß inzwischen Bescheid«, brach es aus der Bürgermeisterin heraus. »Wilhelm Herzog wird sich die Hände reiben, wenn er davon erfährt. Und das ausgerechnet jetzt, wo die Eröffnung des Spas unmittelbar bevorsteht. Sie müssen verhindern, dass die Presse davon Wind bekommt …«

Maike lehnte sich zurück und ergab sich Sabine Graefes Redeschwall. In den nächsten Minuten würde sie ihr mehrmals versichern müssen, den Täter schnellstmöglich zu finden. Dass sie Maike gerade davon abhielt, genau das zu tun, schien ihr dabei nicht in den Sinn zu kommen.

11. Kapitel

Maike schaltete den Handywecker aus und zog sich die Bettdecke über den Kopf. Sie war extra früh zu Bett gegangen, um heute ausgeschlafen zu sein. Allerdings waren ihr zu viele Gedanken durch den Kopf gespukt und sie hatte schlecht geschlafen.

Zoe hatte sie eine kurze Nachricht geschrieben und damit vertröstet, ihr heute beim Abendessen in Köln von Sandro zu erzählen. Sie würde bei den Schwäfels übernachten, da am nächsten Tag das Treffen mit dem Kölner Hotelmanager vereinbart war.

Maike gab sich einen Ruck und stand auf. Ohne ihre wärmende Decke begann sie sofort zu frösteln und aus der Dusche lief nur lauwarmes Wasser. Sie biss die Zähne zusammen und ging anschließend, nur mit einem Duschhandtuch bekleidet, ins Wohnzimmer, um den Heizkörper zu überprüfen.

»Na, klasse«, schimpfte sie. Das Ding hatte über Nacht den Geist aufgegeben. In Küche und Schlafzimmer verhielt es sich nicht anders.

Sie putzte sich hastig die Zähne, zog sich an, versorgte die Katzen und verließ dann die Wohnung, wobei sie die Tür ins Schloss scheppern ließ. Dieter Landgraf sollte ruhig hören, dass sie auf dem Vormarsch war. Zwei Stufen auf einmal nehmend stieg sie die Treppe zum Obergeschoss hinauf und klingelte an der Tür ihres Vermieters, um ihn über ihre ausgefallene Heizung in Kenntnis zu setzen.

Einmal, zweimal. Am Ende drückte sie den Knopf in Dauerschleife.

»Was zum Geier soll denn das?«, hörte sie seine krächzende Stimme. Er öffnete im Bademantel die Tür. Seine weißen Haare standen vom Kopf ab, als hätte er an ein Stromkabel gegriffen.

»Dank der Tatsache, dass Sie mich mit meinem Heizungsproblem seit Tagen ignorieren, ist meine Wohnung nun kalt.«

Landgraf kratzte sich an der runzeligen Stirn. »Der Klempner ist bisher noch nicht ans Telefon gegangen. Da kann ich doch nichts dafür.«

»Vielleicht sollten Sie dann einen anderen anrufen«, schlug sie vor.

»In Niederteerbach gibt es nur den einen.«

Sie atmete tief durch. »Die Welt besteht ja zum Glück nicht nur aus Niederteerbach.«

Er zuckte mit den buschigen Augenbrauen. »Ich gebe Ihnen Bescheid, wenn ich ihn erreicht habe«, sagte er und schloss die Tür.

Maike starrte auf das Türfenster, hinter dessen Vorhang er seitlich hindurch lugte.

»Ich kann Sie sehen, Herr Landgraf. Solange meine Wohnung kalt bleibt, bezahle ich keine Miete.«

Sie eilte die Stufen wieder hinab und begegnete Philipp, der in seiner Wohnungstür stand und ihr entgegenblickte. Die Diskussion im Treppenhaus war anscheinend bis ins Erdgeschoss zu hören gewesen.

»Sorry für den Tumult«, sagte sie.

»Schon gut.« Er rieb sich den Schlaf aus den Augen. »Hab ich das richtig mitbekommen? Du hast eine kalte Wohnung?«

Sie nickte. »Hast du auch Probleme mit der Heizung?«

»Nö, bei mir ist alles tipptopp.«

Maike setzte eine flehende Miene auf. »Du magst doch Katzen, oder?«

Er kniff die Augen zusammen.

»Süße, anschmiegsame Wesen, die frieren werden, wenn ich niemanden finde, der es gut mit ihnen meint und ihnen einen warmen Unterschlupf bietet.«

Philipp schob die Unterlippe vor. »Kannst du mir garantieren, dass die mir nicht meine Wohnung auseinandernehmen, während ich in der Sargfabrik arbeite?«

»Ich würde das nicht auf mein Leben schwören, aber ich bin guter Dinge.« Sie setzte ein breites Lächeln auf.

Er verdrehte die Augen. »Okay, okay. Bring sie mir, bevor ich es mir anders überlege.«

Sie presste ihm einen flüchtigen Kuss auf die Wange und eilte die Treppe wieder hinauf, um in vier Runden die Katzen, die Klos, Einstreu, Futter und Liegekissen zu holen.

Fünfzehn Minuten später verließ sie fix und fertig das Haus. Philipp hatte jetzt echt was gut bei ihr, ebenso wie Sandro, für die Sache mit den Genehmigungen, und genau genommen auch Martin, weil sie ihn immer noch nicht zurückgerufen hatte.

Während sie zu ihrem Auto hastete, rief sie selbst bei dem Klempner an und sprach ihm eine Nachricht aufs Band.

Auf der Fahrt nach Köln telefonierte sie mit Zoe, die sich ein paar schelmische Kommentare zu Sandro nicht verkneifen konnte und sich darauf freute, ihr heute Abend jedes Detail aus der Nase zu ziehen. In Bezug auf den Fall hatte sie keine guten Nachrichten. Die Obduktion der zweiten Hand hatte keine neuen Erkenntnisse gebracht. Allerdings lagen nun endlich die Ergebnisse der DNA-Analyse vor. Die Proben von Anna Schmaus' Zahnbürstenaufsatz stimmten mit der DNA der Leiche überein.

Als sie im Kölner Präsidium ankam, erwartete Lukas sie bereits vor dem Eingang. Wie immer pünktlich und vorschriftsmäßig in Uniform. Seine sonst eher bleiche Haut war braun gebrannt. Sie sehnte sich augenblicklich nach Urlaub.

»Guten Morgen«, grüßte er.

»Ich sag das jetzt voller Aufrichtigkeit – es ist schön, dass du wieder mit im Einsatz bist.«

Unter seine Bräune mischte sich Röte. Sie lächelten sich an.

»Wie war dein Urlaub?«

»Na ja, Urlaub würde ich das nicht nennen. 300 Verwandte und Bekannte auf einem Haufen. Muss ich mehr sagen?«

»Verstehe. Hat Gabi dich schon über alles in Kenntnis gesetzt?«

Sie gingen ins Gebäude.

»Ja, das hat sie. Ich habe mir alles aufgeschrieben, was bisher liegengeblieben ist.« Als würde sie ihm nicht glauben, zog er einen Zettel aus der Jackentasche und wedelte damit herum. »Und mit Herrn Pöller habe ich gerade telefoniert. Er hat uns per Mail Bilder von der

Hausdurchsuchung bei Roland Hammer geschickt. Die Analyse der Blutspuren wird allerdings ein paar Tage dauern.«

»Wie ich diese ständige Warterei hasse.« Sie betraten den Fahrstuhl, und Maike rief auf ihrem Smartphone die E-Mail-App auf. »Mal sehen, was Walter Pöller uns geschickt hat.«

Lukas schaute ihr über die Schulter.

Auf den Fotos waren unter anderem die Müllbeutel und Fässer auf dem Grundstück zu sehen. Das Team der Spurensicherung hatte sie geöffnet und der Inhalt entsprach nicht ansatzweise dem, was Maike sich vorgestellt hatte. Sie waren mit Eicheln, Kastanien und Nüssen gefüllt, die der Jäger anscheinend als Winterfutter für die Waldtiere gesammelt hatte. Maike hätte sich ausnahmsweise über blutige Ergebnisse mehr gefreut als über einen Universitäts-Vorrat an Studentenfutter.

Innenaufnahmen von Roland Hammers Haus spiegelten den verwahrlosten Eindruck wider, den Maike bereits am Vortag gewonnen hatte. Was sie bei den Ermittlungen aber weiterbrachte und was sie für die Vernehmung nutzen konnte, waren Fotoalben, die die Spurensicherung aufgeschlagen und fotografiert hatte.

»Das ist ja interessant«, murmelte sie.

Sie verließen den Fahrstuhl und Maike lief, ohne von ihrem Smartphone aufzusehen, den Gang entlang zu Jens' Büro. Lukas lief neben ihr her und schaute mit ihr auf das Display.

»Der Tatverdächtige hat Anna Schmaus fotografiert«, sagte er. »Aber wenn die mal zusammen waren, ist das nichts Ungewöhnliches.«

Maike blieb stehen. »Sieh genau hin, Lukas.« Sie reichte ihm das Smartphone. »Anna ist auf allen Bildern allein abgebildet. Und wieso fotografiert jemand seine Freundin von draußen durchs Fenster?«

Lukas scrollte die Fotos durch. »Hm … Lässt man heutzutage überhaupt noch einzelne Fotos entwickeln? Wenn, dann gestaltet man doch eher ein Fotobuch mit digitalen Bildern und lässt das drucken?«

Sie scrollte zurück bis zu einem Bild, auf dem eine in Rotlicht getauchte Kammer zu sehen war. »Genau, das habe ich auch gedacht. Aber unser Tatverdächtiger besitzt eine eigene Dunkelkammer und hat die Fotos womöglich selbst entwickelt.«

Lukas gab ihr das Smartphone zurück. »Ungewöhnliches Hobby für einen Jäger.«

Maike runzelte die Stirn. »Oder Mittel zum Zweck. Vielleicht war es ihm wichtig, dass niemand mitbekommt, was oder besser *wen* er fotografiert. Ich wette, er hat die Aufnahmen nicht während ihrer Beziehung gemacht.«

Jens saß an seinem Schreibtisch und unterzeichnete diverse Dokumente. Er sah auf, als sie gegen die offen stehende Tür klopfte.

»Guten Morgen.« Er stand auf, umarmte Maike herzlich und reichte Lukas die Hand. Sein Anzug hatte fast den gleichen Farbton wie seine blaugrauen Augen. »Roland Hammer ist bereits im Gebäude. Sobald der Techniker die Aufnahmegeräte gecheckt hat, könnt ihr loslegen.«

»Sehr gut. Vorher hole ich mir noch einen Kaffee.«

»Da bin ich dabei«, erwiderte Jens und folgte Lukas und Maike in den Aufenthaltsraum.

Nachdem Maike und Jens sich am Kaffeeautomaten für einen Cappuccino entschieden hatten, und Lukas für einen wässrigen Kakao, machten sie sich auf den Weg zum Vernehmungszimmer.

Roland Hammer saß neben seinem Pflichtverteidiger am Tisch. Maike konnte sich gerade noch ein Aufseufzen verkneifen. Dem Jäger wurde kein Geringerer als Christoph Schurig zur Seite gestellt, mit dem sie in ihrer Studienzeit nach einer ausschweifenden Karnevalsparty die Nacht verbracht hatte. Maike hatte ihn schon bei ihrem letzten großen Fall getroffen.

Sie trat an den Tisch, und er grinste sie an. Lukas nahm zu ihrer Linken Platz, Jens zu ihrer Rechten. Der Techniker schaltete auf ihr Zeichen hin die auf den Tatverdächtigen gerichtete Videokamera ein.

Maike nannte Datum und Uhrzeit und zählte die Namen aller Anwesenden auf. Dann belehrte Lukas den Jäger nach der Strafprozessordnung über seine Rechte. Er sprach frei und ohne abzulesen. Vermutlich kannte er das halbe Gesetzbuch auswendig.

»Sind Sie körperlich und geistig dazu in der Lage, eine Befragung durchzuführen?«, fragte Maike anschließend Roland Hammer.

Er starrte auf seine auf dem Schoß gefalteten Hände und nickte zögerlich.

Sie legte ihr Notizheft auf den Tisch und blendete Christophs eingehenden Blick aus.

»Herr Hammer, wann haben Sie Anna Schmaus das letzte Mal gesehen?«

»Vor etwa zwei Wochen«, antwortete er, ohne von seinen Händen aufzusehen. »Sie hat Rehrücken bei mir gekauft.«

Im Gegensatz zu seinem zuletzt aggressiven Verhalten wirkte er heute erstaunlich zahm.

»Haben Sie sich dazu im Haus von Anna Schmaus in Niederteerbach getroffen?«

Er hob den Blick. »Was spielt denn das für eine Rolle?«

»Beantworten Sie bitte meine Frage.«

Hammer sah seinen Pflichtverteidiger an, der ihm auffordernd zunickte.

»Anna war bei mir.«

»Hat sie öfter bei Ihnen Fleisch gekauft?«

»Zweimal im Monat.«

»Und sie kam jedes Mal zu Ihnen?«

Schon brach sein barscher Ton wieder durch. »Kommen Sie auf den Punkt, und sagen Sie, was Sie von mir wollen!«

»Haben Sie Geduld, Herr Hammer. Wir haben, wenn nötig, den ganzen Tag Zeit.«

Er gab ein abfälliges Schnaufen von sich. »Kann ich eine Zigarette rauchen?«

Sie bekam ihn langsam dorthin, wo sie ihn haben wollte.

»Nicht während der Vernehmung«, antwortete sie.

Sein Blick erdolchte sie. Die Lippen waren nur noch schmale Striche.

»Kam Anna jedes Mal zu Ihnen?«, wiederholte sie ihre Frage.

Er nickte.

»Hatten Sie davon abgesehen privat miteinander zu tun?«

»Das hätte ihr Macker doch nie zugelassen.«

Sie legte den Kopf schräg. »Kennen Sie Simon Steinbach?«

»Flüchtig. Er hat Anna nach ihrem Erbe in Anlagemöglichkeiten und Finanzen beraten. Dabei haben sie sich kennengelernt.«

»Hat Anna Sie wegen Simon Steinbach verlassen?«

»Er wusste, dass sie in einer Beziehung ist, aber hat nicht locker gelassen«, antwortete er einen tiefen Atemzug später.

»Wenn er Anna zum Zeitpunkt ihres Erbes kennengelernt hat, kannten Sie beide sich also schon vorher.«

»Anna und ich kennen uns seit unserer Kindheit. Sie war in den Ferien immer bei ihren Großeltern in Niederteerbach zu Besuch, und da haben wir uns angefreundet.«

»Und später haben Sie sich ineinander verliebt«, sagte Maike und schrieb etwas in ihr Notizheft. »Wann war das genau?«

Er rutschte auf dem Stuhl hin und her. »Was geht Sie mein privater Kram überhaupt an?«

Sie antwortete nichts darauf, sah ihn einfach nur an – direkt in die Augen.

»Wenn Sie es genau wissen wollen, habe ich Anna schon immer geliebt!«

Kamen Emotionen ins Spiel, wurde es für ihn schwerer und für sie leichter.

»Und verhielt es sich umgekehrt genauso?«

»Das müssen Sie sie selbst fragen.«

Diese Antwort war nicht die, mit der sie gerechnet hatte. Lukas sah sie kurz von der Seite an und sie schrieb wieder in ihr Notizheft, um sich keine Unsicherheit anmerken zu lassen. Bluffte Roland Hammer?

»Wie lange waren Sie mit Anna Schmaus zusammen?«

Er lehnte sich zurück. »Ungefähr ein halbes Jahr.«

Sie reckte das Kinn. »Oh, dann war es wohl doch nicht die große Liebe.«

»Was fällt Ihnen ein?« Er legte die geballten Fäuste auf den Tisch. »Sie wissen gar nichts von Anna und mir. Wir waren füreinander bestimmt!«

Sie beugte sich ihm entgegen. »Hat sie das auch so gesehen? Ich meine, immerhin hat sie Sie mit Simon Steinbach betrogen und Sie dann für ihn verlassen, nicht wahr?«

Roland Hammer stand auf und sah auf seinen Pflichtverteidiger hinab. »Stopfen Sie ihr das Maul!«

Christoph erhob sich ebenfalls und fasste seinen Mandanten am Arm. »Mäßigen Sie sich bitte, Herr Hammer.« Er wandte sich Maike zu. »Hat das in diesem Fall Relevanz?«

»Selbstverständlich. Anna Schmaus ist verschwunden, und ihr Mandant hat allen Grund, auf sie sauer zu sein.«

»Ich habe keine Ahnung, wo Anna steckt«, schrie Hammer sie an. Er sackte auf seinen Stuhl und atmete tief durch. »Bis gestern wusste ich nicht einmal, dass sie vermisst wird. Mir war nur aufgefallen, dass sie letztes Wochenende nicht in ihrem Haus war.«

»Vielleicht hat das etwas mit ihrem Streit zu tun?«

Er runzelte die Stirn. »Welcher Streit?«

»Nun, die Anneliese ... also Frau Lehmann von nebenan, hat sie beide im Garten streiten hören.«

»Die alte Schrapnelle weiß nicht, was sie da redet. Sie sollten besser den Steinbach dazu befragen. Warum mich und nicht ihn?«

»Annas Verlobten haben wir schon überprüft. Er hat ein Alibi.«

»Die sind verlobt?« Hammer sog tief die Luft ein und schloss beim Ausatmen die Augen.

»Was haben Sie gegen meinen Mandanten in der Hand, das Sie annehmen lässt, er könnte etwas mit dem Verschwinden von Anna Schmaus zu tun haben?«, meldete sich Christoph zu Wort.

Als sie kürzlich schon einmal während eines Verhörs aufeinandergetroffen waren, hatte er sie danach auf dem Parkplatz angebaggert. Doch heute gab er sich ganz professionell. Ihre Abfuhr hatte wohl gefruchtet.

»In Frau Schmaus' Hausflur wurde ein Knopf sichergestellt, der Herrn Hammer zuzuordnen ist.« Sie deutete auf seine Weste, die er immer noch trug. Dann sah sie Roland Hammer an. »Sagten Sie nicht, Anna wäre wegen des Wildfleisches immer zu *Ihnen* gekommen?« Maike straffte die Schultern. »Dann frage ich mich, was Sie in ihrem Haus zu suchen hatten.«

12. Kapitel

Gerade als sie warm geworden war, bestand Christoph Schurig auf eine Pause. Sie wünschte den Strafverteidiger gedanklich auf den Mond und lief in Richtung des Kaffeeautomaten.

»Wie ist dein Eindruck?« Jens ging neben ihr her und musterte sie von der Seite.

»Er hat sie sein Leben lang abgöttisch geliebt und tut es noch immer.«

»Also glaubst du nicht mehr an seine Schuld?«

»Auch aus Liebe, vor allem verschmähter Liebe, kann man töten.«

»Hätte er dann nicht eher den Verlobten aus dem Weg geräumt?«, warf Lukas ein, der hinter ihnen lief.

Maike blieb stehen und drehte sich zu ihm um. »Ruf bitte mal Gabi an und frag sie, wann Anna Schmaus das Haus geerbt hat.«

»Geht klar.« Er nahm sein Smartphone zur Hand und wandte sich ab, während Maike Sandros Nummer wählte.

»Ich warte schon ganz gespannt, was du zu berichten hast«, meldete er sich am Telefon.

Sie bog hinter Jens in den Aufenthaltsraum ein. »Das Verhör ist noch nicht vorbei. Es gestaltet sich schwieriger als gedacht. Ich befürchte, ich kann Roland Hammer heute noch nicht festnageln.«

»Und jetzt willst du bei mir eine Ausnahmeregelung für eine Verlängerung der U-Haft beantragen?«, fragte er.

»Die Ergebnisse der Blutproben von den Schlachtmessern und der Axt werde ich auf keinen Fall schon heute erhalten, genauso wenig die Speichelauswertung. Wenn er der Täter ist, bin ich mir sicher, dass wir ihn damit überführen werden. Sollte ich ihn aber nach der Vernehmung freilassen müssen, besteht Fluchtgefahr.«

»Alles klar, in diesem Fall kann ich eine Ausnahmeregelung erwirken. Reichen dir zwei Tage?«

»Besser vier. Früher gehen lassen können wir ihn immer noch.«

Jens reichte ihr einen Becher Kaffee.

»Ich danke dir«, sagte sie zu Sandro. »Dann begebe ich mich jetzt mal wieder in die Schlacht. Bis später.«

»Bis später.«

Maike trank einen Schluck und sah Jens über den Rand ihres Bechers an.

»Wenn er es nicht ist, was ist dann deine nächste Option?«, fragte Jens.

Sie konnte ihm diese Frage nicht beantworten, weil sie es selbst nicht wusste.

Er verstand ihr Schweigen und klopfte ihr auf die Schulter. »Kopf hoch. Am Ende findest du doch jedes Mal noch eine Spur.«

Jens irrte sich. In Billies Fall hatte sie bisher versagt. Ihre Freundin aus Schultagen war seit Jahrzehnten verschwunden, ihr Schicksal ungewiss. Maike wandte sich ab und lief mit einem unguten Gefühl zurück zum Verhörzimmer.

»Wie geht's den Kindern?«, fragte Christoph, der aus der Toilette kam und sich ihr anschloss.

»Gut, danke der Nachfrage«, erwiderte sie und war froh, dass Jens, der auf ihrer anderen Seite lief, nichts einwarf. Seine verdutzte Miene sprach jedoch Bände. Er wusste nicht, dass sie Christoph bezüglich ihres Beziehungsstatus kürzlich einen Bären aufgebunden hatte, damit er sie in Ruhe ließ. »Wie läuft's bei dir so?«

»Ich kann nicht klagen.« Er setzte einen Blick auf, der ihr anscheinend zu verstehen geben sollte, was sie verpasst hatte.

Sie war froh, als Lukas ihnen entgegenkam und sie aufhielt. Christoph trottete davon.

»Gabi sagt, Annas Großmutter ist vor drei Jahren gestorben.«

Sie öffnete beim Weiterlaufen auf dem Smartphone die E-Mail und betrachtete nochmals die Bilder, die Walter Pöller bei der Hausdurchsuchung gemacht hatte.

»Wie viele Kinder hast du denn?«, flüsterte Jens und grinste.

»Vier«, antwortete sie und betrat vor ihm und Lukas das Vernehmungszimmer.

Sie hörte ihn hinter sich leise lachen.

»Können wir dann wieder?«, fragte sie in die Runde, nachdem alle Anwesenden Platz genommen hatten.

Christoph nickte ihr zu, Roland Hammer starrte an die Wand hinter ihr.

Der Techniker startete die Videoaufnahme und hielt den Daumen nach oben.

»Wir waren dabei, dass Sie mir erklären, was Sie in Anna Schmaus' Haus zu suchen hatten, wenn Ihre Trennung doch bereits an die drei Jahre zurückliegt.«

Er zögerte. Es war offensichtlich, dass er mit sich rang. »Sie fehlt mir«, sagte er schließlich.

Maike verengte die Augen. »Wie haben Sie sich Zugang zum Haus verschafft?«

Der Jäger kaute sekundenlang auf seinen Lippen. »Ich habe damals gespürt, dass Anna unsere Beziehung beenden will, und habe mir einen Ersatzschlüssel machen lassen.«

»Sie haben das Haus ohne Annas Wissen betreten«, schlussfolgerte sie. »Um was zu tun?«

Er zuckte mit den Achseln. »Ich wollte einfach da sein, wo sie sonst ist. Dort riecht es nach ihr und ...« Er stockte.

»Und?«, hakte Lukas nach und sah Maike sogleich entschuldigend an. Er fieberte mit und Geduld war nicht seine Stärke.

Roland Hammer sagte nichts. Er stützte die Ellenbogen auf den Tisch, schloss die Augen und rieb sich mit den Daumen über die Lider.

»Haben Sie sich ihr auch nah gefühlt, als sie Anna heimlich fotografierten?« Sie schob ihm über den Tisch ihr Smartphone zu, auf dessen Display eins seiner geöffneten Fotoalben zu sehen war. Man erkannte deutlich, dass er Anna durch ein Fenster von draußen abgelichtet hatte.

Christoph beugte sich vor und sah sich die Aufnahme ebenfalls an. Er seufzte.

»Stalking ist strafbar, Herr Hammer.«

Nun schüttelte er den Kopf. »Sie hat gar nicht bemerkt, dass ich da war und sie fotografiert habe. Ich habe sie nicht belästigt.«

Maike stand auf und stemmte die Hände auf den Tisch. »Oder sie hat es doch bemerkt und mit der Polizei gedroht, wenn Sie sie nicht in Ruhe lassen.«

»Nein, nein, nein.« Hammer würde eine Gehirnerschütterung bekommen, wenn er den Kopf weiterhin so schüttelte. »Ich schwöre, sie hat es nicht gewusst.« Seine Augen füllten sich mit Tränen. »Sie fehlt mir nur so.«

Maike sah ihm in die Augen. »Sagen Sie mir, wo ich Anna finden kann.«

»Ich weiß es nicht!«, rief er. »Ich habe mit ihrem Verschwinden nichts zu tun.«

Sie holte tief Luft. »Dann erklären Sie mir, weshalb Annas Überreste ausgerechnet in Ihrem Forstgebiet gefunden wurden.«

Roland Hammer erstarrte. Er sah sie aus weit aufgerissenen Augen an, aus denen sich Tränen ihren Weg bahnten. Er riss den Mund auf, als wolle er schreien. Aber er blieb stumm.

Sie hatte schon mit einigen Verbrechern zu tun gehabt, die ihre Unschuld vorspielten. Ihm konnte sie sein blankes Entsetzen jedoch ansehen. Er hatte gerade von ihr erfahren, dass Anna tot war. Er war nicht ihr Mörder, sondern ein Stalker, der mit ihrer Abweisung nicht umgehen konnte.

»Bis die Ergebnisse der DNA-Analyse vorliegen, bleiben Sie für längstens vier Tage in Untersuchungs-haft. Für das Stalking können Sie nicht belangt werden, da das Opfer das nicht mehr zur Anklage bringen kann.«

Sie nickte Christoph zu und verließ in Begleitung von Lukas und Jens den Raum. Bis sie in Jens' Büro waren, sprachen Sie kein Wort, auch dort hielt die Stille noch etwas an.

»Was wirst du nun tun?«, erkundigte sich Jens irgendwann.

»Wir sind noch nicht am Ende mit dem Fall.«

»Das befürchte ich auch«, pflichtete Lukas ihr bei.

Sie nahm ihren Parka von der Stuhllehne. »Für den Rest des Tages nehme ich mir frei. Ich muss dringend den Kopf freikriegen und überlegen, wo ich noch ansetzen kann.« Sie ging zur Tür und sah noch einmal zu Lukas zurück. »Wir treffen uns morgen um 10 Uhr an der Rezeption in der *Rheinperle.* Wir haben einen Termin mit dem Hotelmanager.«

Er nickte und sie machte sich auf den Weg, ohne zu wissen, wohin sie eigentlich wollte.

Wenige Minuten später befand sie sich aus einem Impuls heraus im Auto auf dem Weg zu Zoe. Wer, wenn nicht die beste Freundin, konnte ihr aus einem Tief heraushelfen? Erst als sie im rechtsmedizinischen Institut in einem leeren Büro stand, fiel ihr wieder ein, dass Zoe heute Nachmittag in der Uni als Dozentin tätig war.

Kurzerhand ging sie hinter dem Gebäude auf dem Melaten-Friedhof spazieren. Sie dachte an Anna Schmaus, zerstückelt und pietätlos im Wald verscharrt. Allem Anschein nach lief ihr Mörder noch immer irgendwo da draußen frei herum.

Ihr lief ein kalter Schauer über den Rücken. Die Bäume, die Grabsteine, die zugezogene Wolkendecke – die ganze Umgebung zeigte sich in einem trostlosen Grau und spiegelte ihre momentane Verfassung wider.

Dazu kam die Kälte. Nebel legte sich auf die Gräber ebenso wie auf ihre Gedanken.

Maike brauchte jemanden zum Reden, bevor sie weiter in eine erdrückende, melancholische Stimmung verfiel. Sie zog das Smartphone aus der Jackentasche, setzte sich unter einer Trauerweide auf eine Bank und wählte Martins Nummer.

Seine Stimme erklang nach mehrmaligem Klingeln. »Ich hab gerade echt überlegt, ob ich rangehe.«

Sie kickte ein Steinchen weg. »Sorry, dass ich jetzt erst zurückrufe. Bei mir geht es gerade drunter und drüber.«

»Wenn ich dir verzeihe, sagst du mir dann, was los ist?«

Maike lächelte zögernd. »Ich komme bei meinem Fall nicht weiter. In welche Richtung ich auch ermittle, ich lande jedes Mal in einer Sackgasse.«

»Das kennt jeder noch so gute Ermittler«, entgegnete Martin. »Willst du meinen Rat? Frage dich am besten «

»Sag mir jetzt bitte nicht wieder, ich soll in Gedanken mit dem Opfer sprechen«, fiel sie ihm ins Wort. »Oder dass ich mir vorstellen soll, was Anna – das Opfer – mir auf meine Fragen antworten würde.« Sie rieb sich über den Nasenrücken und stand auf, bevor sie an der kalten Bank festfror. »Das habe ich nämlich schon versucht. Ohne Ergebnis.«

»Hm ... Okay, dann versuche Folgendes: Denke darüber nach, womit das Opfer dir vielleicht schon längst einen Hinweis hinterlassen hat.«

Es entstand eine Pause.

»Hör zu, ich muss hier jetzt weitermachen«, sagte er. »Wenn du magst, ruf mich heute Abend gern noch mal an.«

»Da bin ich bei Zoe eingeladen. Aber danke, ich glaube, das hilft mir trotzdem schon etwas weiter. Wir hören uns.«

»Wir hören uns«, sagte auch er und legte auf.

Es war erst später Nachmittag, aber sie machte sich dennoch auf den Weg zu den Schwäfels. Hier draußen war es viel zu ungemütlich, und Mark war auf jeden Fall zu Hause. Ihr Bruder konnte sie ruhig schon mal ein bisschen aufmuntern, bis Zoe nach Hause kam.

Auf der Fahrt ließ sie sich Martins Ratschlag durch den Kopf gehen und telefonierte daraufhin mit Gabi, um sich zu erkundigen, wie sie bei Anna Schmaus' E-Mail-Account vorankam. Sie und Simon Steinbach hatten bereits zwei falsche Passwörter eingegeben und nun suchte Annas Verlobter in ihren Notizen nach niedergeschriebenen Passwörtern.

Als Maike bei den Schwäfels in die Einfahrt fuhr, kam ihre Nichte Sarah soeben mit dem Fahrrad an.

»Hey, Tantchen. Was machst du denn schon hier?«

Maike schlug die Autotür hinter sich zu. »War in der Gegend. Hattest du bis jetzt Schule?«

»Nee, ich hab Noah noch beim Handballtraining zugesehen«, erwiderte sie und schloss die Tür auf, woraufhin ihnen Nele schwanzwedelnd entgegenkam.

Sarah tätschelte der Golden-Retriever-Hündin den Kopf, warf ihren Rucksack in die Ecke und den Anorak über den Kleiderhaken. »Bin zu Hause«, rief sie und eilte gleichzeitig die Treppe zu ihrem Zimmer hinauf.

»Hast du noch Hausaufgaben?«, rief Mark aus der Küche.

Er bekam keine Antwort.

Die Hündin genoss Maikes Streicheleinheiten und folgte ihr dann in die Küche.

»Hi.«

Mark ließ beinahe den Topf fallen. »Willst du, dass ich sterbe?« Er stellte ihn vorsichtig ab. »Du bist viel zu früh dran.«

»Tante Maike, Tante Maike«, riefen die Zwillinge synchron. Die beiden Mädchen kletterten durch die Durchreiche vom Wohnzimmer in die Küche.

»Wie oft habe ich euch schon gesagt, dass ihr durch die Tür kommen sollt?«, schimpfte Mark.

Leonie sprang Maike in die Arme. »Spielst du mit uns obzieren?«

»Was?«

»Das heißt obdukieren«, sagte Laura an ihre Zwillingsschwester gewandt.

Maike starrte die beiden an. »Meint ihr, obduzieren?«

Sie nickten überschwänglich.

»Wer soll denn obduziert werden?«, erkundigte sie sich und warf Mark einen vielsagenden Blick zu, der ihm verdeutlichen sollte, dass das echt creepy war. Er sollte noch einmal behaupten, sie wäre die Durchgeknallteste in der Familie!

»Die beiden haben immer große Ohren, wenn Zoe eine Obduktion erwähnt«, verteidigte er seine Töchter. »Die Mama hat ihnen erklärt, dass das bedeutet, jemanden zu verarzten.«

Laura klammerte sich an Maikes Bein. »Biiitte. Ich hole meine Puppe Matilda. Oder Leonie lässt sich verarzten.«

»Nein, ich will gesund sein«, erwiderte diese.

Maike räusperte sich. »Glaubt mir, für dieses Spiel bin ich die Falsche. Aber was haltet ihr davon, wenn wir Köche spielen und eurem Papa helfen?«

Ihre Mienen spiegelten nicht gerade Begeisterung wider, und auch Mark brach nicht in Jubel aus.

»Dir ist schon klar, dass wir das heute Abend essen müssen?«, fragte er.

Sie verdrehte die Augen. »Jetzt lass die beiden doch irgendwas schnippeln.«

Laura schnappte sich das Messer, das ihr Vater neben einem Brett auf der Anrichte abgelegt hatte.

»Finger weg.« Er nahm es ihr vorsichtig aus der Hand. »Das ist viel zu groß und zu scharf.« Mit einem Seufzen öffnete er den Besteckkasten, verteilte zwei Gemüseschäler an die Zwillinge und deutete auf den Sack Kartoffeln.

»Ich möchte den mit dem roten Griff«, rief Leonie und nahm ihrer Schwester den Schäler weg.

»Hey, das ist meiner.« Laura erkämpfte ihn sich zurück.

Mark warf Maike einen Blick zu, der besagte, dass sie die Schuldige war.

Nele begann zu bellen und lief in den Hausflur, bevor es an der Tür klingelte. Die Zwillinge ließen ihre Schäler ungeachtet zurück und rannten ihr nach.

»Die Oma ist da«, hörte man Jutta kurz darauf rufen, und die Mädchen jubelten.

»Manchmal schickt diese Frau echt der Himmel.« Mark setzte eine silberfarbene Brille auf und schnitt die Hähnchenbrüste, die vor ihm auf dem Schneidebrett lagen, in Streifen.

Maike schmunzelte. »Die Mary Poppins von Junkersdorf. Hat der Wind denn schon gedreht?«

»Maike, Schatz, du bist heute aber früh hier.« Jutta trug einen senffarbenen Hosenanzug und eine wild gepunktete Bluse, bei deren Anblick man unwillkürlich schielte.

»Hi, Mom.«

Sie umarmten sich. Dann ging Jutta zu Mark, klopfte ihm von hinten auf den Rücken und stellte zwei Papiertüten neben ihn auf die Arbeitsfläche. »Das sind meine neusten Marmeladen-Kreationen und alle Nylon-Strümpfe, die ich entbehren kann.«

»Machst du immer noch Strumpfhosen-Experimente?«, fragte Maike ihren Bruder.

»War ja klar, dass Zoe dir davon erzählt hat«, erwiderte er, ohne sich umzudrehen.

»Solange du die Strumpfhosen nicht dazu benutzt, mit Jutta Marmeladen zuzubereiten, bin ich beruhigt.«

Bevor sich Mark verteidigen konnte, hörte Maike den Schlüssel in der Haustür.

»Mama!« Die Zwillinge und Nele lieferten sich erneut ein Wettrennen. Hundegebell und Kindergeschrei hallten durch den Flur.

»Hey, ich bin heute ja die Letzte«, stellte Zoe fest, als sie mit den Zwillingen und der Hündin im Schlepptau in die Küche kam und alle umarmte.

»Wir kochen mit Papa und Tante Maike«, sagte Laura.

Sarah kam mit Kopfhörern auf den Ohren herein und nahm sich aus dem Kühlschrank etwas zu trinken. Ihre Schwestern überredeten sie, sich ebenfalls an der Küchenschlacht namens Essensvorbereitungen zu beteiligen.

Stimmengewirr und Lachen erfüllten den Raum. Maike lehnte sich an den Kühlschrank und beobachtete schmunzelnd ihre Familie. Für den Moment waren ihre Sorgen wie ausgelöscht.

13. Kapitel

Am nächsten Morgen rüttelte Zoe sie sanft wach. Sie waren beide auf dem Dachboden inmitten der Sitzkissen eingeschlafen, nachdem sie stundenlang über Sandro, Martin, Billie und den aktuellen Fall gesprochen hatten.

Mit Philipp hatte Maike am Abend noch telefoniert. Ihre Katzen hatten seine Wohnung bisher nicht ramponiert und er war sogar dabei, sich mit ihnen anzufreunden. Er würde Crockett und Tubbs so lange Asyl gewähren, bis ihre Heizung wieder funktionierte. Da sie ihren Vermieter nicht ans Telefon bekam und der Klempner sie noch nicht zurückgerufen hatte, hoffte sie, dass sie hierbei nicht von Wochen sprachen.

»Ich werde heute noch mal wegen der Analyse-Ergebnisse Druck machen«, versprach Zoe, als sie sich am Frühstückstisch gegenübersaßen.

Sarah war bereits zur Schule aufgebrochen, und Mark fuhr die Zwillinge in die Kita.

»Du bist heute nicht unbedingt gesprächig«, sagte Zoe, da Maike nichts erwiderte.

»Hm ...« Sie stemmte die Ellenbogen auf den Tisch und massierte sich die Schläfen. »Ich hätte beim Kölsch bleiben und mich von deinem Wein fernhalten sollen.«

Zoe lächelte. »Jaja, manchmal kommt es nicht auf die Menge, sondern auf die Mischung an.«

Maike stöhnte.

»Aspirin habe ich gerade nicht im Haus. Wie wäre es mit einem Hausmittelchen: Rollmops zum Beispiel? Der Hering ist in Essig und Salz eingelegt und gibt dir die Elektrolyte zurück, die deinem Körper gerade fehlen.«

Maike gab ein Würgegeräusch von sich. »Allein, wenn ich an Fisch denke, könnte ich kotzen.« Sie hob ihre Tasse in die Höhe und prostete Zoe zu. »Da halte ich mich lieber an meinen Morgenkaffee oder genehmige mir ein Konterbier.«

»Das Konterbier wirst du schön bleibenlassen.« Zoe stand auf, räumte ihre Müslischüssel in den Geschirrspüler, und öffnete dann den Kühlschrank.

Maike sah ihr dabei zu, wie sie Tomatensaft in ein Glas goss, und ahnte Böses.

»Trink das«, forderte Zoe sie auf. »Und keine Widerrede.«

»Ja, Mutti«, erwiderte Maike und verzog angewidert den Mund. Um sich nicht den ganzen Tag mit den Kopfschmerzen herumzuquälen, ließ sie es darauf ankommen. Sie hob das Glas an die Lippen und trank es in einem Zug leer. Es war ihr ein Rätsel, wie man so ein ungenießbares Zeug überhaupt im Kühlschrank haben konnte.

Wenig später verabschiedeten sie sich vor ihren Autos voneinander und vereinbarten, am Abend wieder zu telefonieren. Nach der dritten Straßenkreuzung bog Zoe in Richtung des Instituts ab, Maike fuhr geradewegs zur *Rheinperle*.

Sie könnte Wetten darauf abschließen, dass Lukas stets vor ihr da war, und würde immer gewinnen.

Er kam ihr entgegen, als sie das Foyer des Hotels betrat. »Guten Morgen!«

Gewonnen!, dachte sie.

»Ich habe mir noch mal Gedanken zum Fall gemacht«, begann er. »Mir kommen ja Sandra und Peter Kuschel merkwürdig vor. Wir sollten da nachhaken.«

Maike rieb sich die Stirn und ging zur Rezeption. »Das machen wir, falls ihre Alibis nicht wasserdicht sind. Gabi ist dran. Aber ich bin skeptisch, was Frau Kuschels mörderische Seite angeht. Die kann an manchen Tagen kaum geradeaus gehen.«

»Du hast recht, ich kann mir auch schwer vorstellen, dass sie es schafft, jemanden umzubringen und zu zerstückeln«, sagte Lukas.

Maike hob die Schultern. »Vielleicht hat sie was in ihrer Kräuterküche, das ihr Superkräfte verleiht.«

Die Rezeptionistin, die ihr Gespräch mit angehört hatte und mit großen Augen zwischen ihnen hin und her sah, räusperte sich.

»Möchten Sie einchecken?«

Maike fasste sich an den Kopf und schloss kurz die Augen. Die Stimme der jungen Frau mit den locker nach hinten gebundenen Haaren drang bis in Maikes hinterste Nervenenden vor.

Lukas übernahm die Antwort: »Wir haben einen Termin mit Gerhard Düvelmeyer.«

Maike hätte den Namen erst von der Visitenkarte ablesen müssen.

»Und Sie sind?«, erkundigte sich die Rezeptionistin.

Maike zückte wortlos ihre Marke.

Nachdem die junge Frau telefoniert hatte, schickte sie die beiden zum Büro des Hotelmanagers in den ersten

Stock, wo ein Sekretär sie willkommen hieß und ihnen etwas zu trinken anbot.

Lukas wählte ein Glas Wasser und Maike flehte regelrecht um Kaffee. Sie wusste noch nicht, wie sie diesen Tag überstehen sollte.

Es dauerte nicht lange, da öffnete sich die Tür zum Nebenraum und ein großer Mann um die fünfzig bat sie, einzutreten.

»Die Umstände, unter denen wir uns kennenlernen, sind nicht gerade erfreulich.« Herr Düvelmeyer deutete auf zwei der vier schwarzen Ledersessel, die in der Raummitte um einen niedrigen Tisch standen. Vor dem Panoramafenster mit Blick auf den Rhein prangte ein bulliger Schreibtisch. An den Wänden hingen Fotos von der *Rheinperle* und diverse Auszeichnungen.

»Sie wissen also schon, weshalb wir hier sind«, sagte Maike, nachdem sie Platz genommen hatte.

»Matthias Neubert, unser Restaurantmanager, hat mich darüber informiert, dass Sie Anna suchen.«

»Anna? Sie und Frau Schmaus sind per Du?«

Gerhard Düvelmeyer öffnete den untersten Knopf seines beigefarbenen Jacketts und setzte sich ihr und Lukas gegenüber. »Anna und ich kennen uns seit über zehn Jahren. Sie hat unserem Restaurant zu einem tadellosen Ansehen verholfen. Wir haben im letzten Jahr sogar eine Auszeichnung mit einem Stern bekommen. Bei einer so guten Zusammenarbeit und gegenseitiger Wertschätzung bleibt es nicht aus, dass man sich mit der Zeit anfreundet.«

Die Tür ging auf und der Sekretär brachte ihnen die Getränke. Maike ließ ihn ihre Tasse gar nicht erst abstellen, nahm sie ihm gleich ab und trank einen großen Schluck.

»Wie schätzen Sie das ein? Hat Anna durch ihren beruflichen Erfolg viele Neider?«

Er lehnte sich zurück, schlug die Beine übereinander und verschränkte die Hände auf dem Knie. Dieses Gespräch machte ihn in keinerlei Weise nervös.

»Nein, davon wüsste ich. Anna ist eine extrem integre Person. Mit Haltung und Stolz und zu keinem Geklüngel bereit. Sie ist ein ehrlicher Mensch und hat sich alles selbst erarbeitet. Meines Wissens ist Anna in ihrem Team anerkannt und beliebt. Alle machen sich Sorgen. Da sie, ohne sich abzumelden, verschwunden ist, liegt der Gedanke nah, dass ihr etwas zugestoßen ist. Dabei hat sie noch so große Pläne.«

Maike trank die Tasse leer und stellte sie auf den Tisch. »Welche Pläne meinen Sie?«

»Für unser Hotel sehr bedauerliche. Anna plant, sich selbstständig zu machen und ein eigenes Restaurant in Köln zu eröffnen.«

Sie hob die Augenbrauen. »Heißt das, Anna hat bei Ihnen gekündigt?«

»Nein, dafür ist es zu früh. Sie hat mir nur von ihren Kaufabsichten erzählt. Anna sieht sich erst einmal nach einer geeigneten Immobilie um.« Er sah zum Fenster und ließ seinen Blick schweifen. »Sie plant ihre Zukunft. Da gibt es von ihrer Seite aus doch keinen Grund, unterzutauchen.« Er sah Lukas und sie abwechselnd an. »Glauben Sie an ein Verbrechen?«

Maike rückte im Sessel etwas vor und schenkte ihm einen mitfühlenden Blick. Es gab keinen Grund, ihm Annas Tod länger zu verheimlichen.

»Es tut mir sehr leid, Herr Düvelmeyer. Ich muss Ihnen mitteilen, dass Anna Schmaus tot ist. Wir können ein Gewaltverbrechen nicht ausschließen.«

Der Hotelmanager wurde blass. Er sah zu Boden, nickte sanft vor sich hin. Die Ungewissheit wich der Erkenntnis. Er hatte eine geschätzte Kollegin und Freundin verloren.

Maike fiel es immer schwer, Angehörigen und Freunden eine solch schlechte Nachricht zu überbringen. Sie war froh, dass Gabi ihr das bei Annas Verlobtem abgenommen hatte, nachdem sie sein Alibi geprüft hatte und die DNA-Analyse ihren Tod bestätigt hatte.

»Man denkt über diese Möglichkeit nach«, flüsterte der Hotelmanager. »Aber dann ist es doch unbegreiflich.«

Lukas und Maike sprachen ihm ihr Beileid aus.

»Fällt Ihnen irgendetwas ein, was Anna vielleicht Probleme bereitet hat?«

Herr Düvelmeyer atmete tief durch und schüttelte dann den Kopf. »Glauben Sie mir, seit Anna verschwunden ist, überlege ich hin und her, was passiert sein könnte. Aber bis auf die Burnout-Erkrankung ihres Verlobten wüsste ich nichts, was ihr Sorgen bereitet hat. Na ja, und natürlich die Suche nach der Immobilie. In Köln keine einfache Sache.«

Maike unterdrückte ein Seufzen. Sie zog eine Visitenkarte aus ihrer Tasche und reichte sie ihm über den Tisch. »Rufen Sie mich bitte an, falls Ihnen doch noch etwas Relevantes zu Anna einfällt.«

»Das werde ich.« Er stand auf und verabschiedete sie per Handschlag.

»Und nun?«, erkundigte sich Lukas, als sie im Treppenhaus die Stufen hinab zur Tiefgarage stiegen.

»Wir können momentan nur auf die Ergebnisse von Roland Hammers Hausdurchsuchung warten«, antwortete sie und versuchte, sich ihre Frustration nicht anhören zu lassen. »In der Zwischenzeit sprechen wir noch mal mit Anna Schmaus' Verlobten. Vielleicht fällt Simon Steinbach doch noch etwas Unstimmiges ein. Und von mir aus nehmen wir auch Sandra Kuschel unter die Lupe.«

Lukas klatschte in die Hände, um sich selbst zu motivieren. »Wollen wir uns aufteilen oder gemeinsam zu Herrn Steinbach fahren?«, fragte er, während sie das Foyer durchquerten und die *Rheinperle* verließen.

»Wir ...«, setzte sie an. Da klingelte ihr Smartphone. Sie nahm das Gespräch an. »Bitte nur gute Nachrichten«, bat sie und blieb vor ihrem Auto stehen.

»Die hab ich«, sang Gabi. Wahrscheinlich ließ sie sich von Horst inspirieren, den man im Hintergrund jodeln hörte. »Simon Steinbach hat tatsächlich ein Heft gefunden, in dem Anna unter anderem ihre Passwörter notiert hat. Wir haben Zugang zu ihrem E-Mail-Account.«

»Ein Lichtblick«, stieß Maike aus. »Hast du die Mails schon durchgeschaut?«

»Na, was glaubst du denn? Auffällig ist ein Mailverkehr mit einem Immobilienmakler namens Oliver Willrich. Dem hat Anna zuletzt eine saftige Beschwerde geschrieben, weil sie den Zuschlag für ein Objekt nicht erhalten hat.«

Maike entriegelte die Autotüren. »Begehrte Immobilien sind in Köln stark umkämpft. Es ist zumindest ein Ansatz, den wir verfolgen können.«

»Ich schick dir die Zugangsdaten zu Annas Mail-Account«, sagte Gabi. »An dem Alibi von Peter Kuschel bin ich weiter dran. Aber jetzt muss ich mich zuallererst um Horst kümmern.«

Ihn hörte man immer noch jodeln. *Krächzen war mittlerweile die wohl passendere Beschreibung*, dachte Maike.

Nachdem sie das Telefonat beendet hatten, las Maike auf dem Smartphone Gabis Nachricht und loggte sich in Annas E-Mail-Account ein. Sie scrollte durch den Posteingang, sah sich anschließend die gesendeten Nachrichten und den Papierkorb an und prüfte auch den Spamordner. Am Ende fand sie keine E-Mail neueren Datums, die neben der bereits erwähnten beachtenswert war. Sie ließen Lukas' Auto in der Tiefgarage des Hotels zurück und machten sich gemeinsam auf den Weg zu dem Makler. Steinbach konnte warten.

Das Büro von Oliver Willrich lag am anderen Ende der Stadt, in Rodenkirchen. Die Rheinuferstraße war wie immer voll. Nach einer halben Stunde Stop-and-go parkten sie endlich vor einem kastenförmigen Anbau eines dreistöckigen Bürokomplexes und stiegen aus. Neben der Glastür prangte ein goldenes Schild mit Oliver Willrichs Namen.

Als sie die Tür erreichten, stemmte ein Mann sie gerade von innen mit dem Rücken auf. Er balancierte mehrere Ordner auf seinen Armen und hielt ein Blatt Papier zwischen den Lippen. Die polierte Glatze stand im starken Kontrast zu seinen üppigen roten Augenbrauen und dem kurzen Ziegenbart. Sie schätzte ihn auf etwa fünfzig, etwas älter als auf seinem Foto im Internet, das Maike vorab gegoogelt hatte

»Herr Willrich?«, fragte Maike.

Er versuchte, mit geschlossenen Lippen etwas Unverständliches zu sprechen, wobei ihm das Papier entglitt.

Als Lukas das Blatt aufhob und oben auf die Ordner legte, gab der Mann ein Murren von sich und dankte ihm. »Tut mir leid, ich muss dringend zu einem Termin. Wenn Sie nach einem Objekt suchen oder eins anzubieten haben, wenden Sie sich bitte erst einmal an meine Sekretärin. Ich schaue mir dann alles an und melde mich bei Ihnen.« Er wandte sich ab und lief zu einem schwarzen BMW, der drei Autos weiter parkte.

Maike folgte ihm. »Bei unserem Anliegen können nur Sie uns helfen.«

»Dann lassen Sie sich von meiner Sekretärin einen Termin geben.«

»Ich fürchte, es eilt«, entgegnete sie und zeigte ihm ihre Marke.

Er sah sie an, als wäre sie ein Geist. »Was hat das zu bedeuten?«

»Anna Schmaus ist doch eine Klientin von Ihnen, nicht wahr?«

Oliver Willrich wandte ihr den Rücken zu und öffnete die Beifahrertür. Dabei rutschte ihm der oberste Ordner aus dem Arm und das lose Blatt flatterte unter das Auto.

»Verdammt!« Er warf die übrigen Ordner auf den Sitz, hob den heruntergefallenen auf, und kniete sich neben das Auto, um darunter nach dem Papier zu tasten.

»Sie hat sich bei Ihnen um ein Objekt beworben«, fuhr Maike fort. »Können Sie mir darüber etwas sagen?«

»Frau Schmaus hat sich für eine Immobilie im Rheinauhafen interessiert, aber ein anderer Bewerber hat die Zusage bekommen. Mehr gibt es dazu nicht zu sagen.«

»Wie man einer Mail entnehmen kann, die Anna Schmaus an Sie geschrieben hat, war sie darüber nicht gerade erfreut. Milde ausgedrückt.«

Er kam wieder auf die Beine, legte den Ordner samt Blatt auf den Sitz und klopfte sich die Hosenbeine ab. »Jetzt sehen Sie sich das an«, schimpfte er über die feucht-dreckigen Knie seiner Stoffhose. Er richtete sich auf und blickte sie an. »Das sind die Bewerber bei einer Absage nie. Und nun entschuldigen Sie mich, ich muss wirklich los.« Er ging um das Auto herum zur Fahrertür.

»Noch eine letzte Frage.« Maike stellte sich vor die Tür und hinderte ihn am Einsteigen. »Wann haben Sie Anna Schmaus zuletzt gesehen oder mit ihr Kontakt gehabt?«

»Das war vor etwa zwei Wochen.« Oliver Willrich schob sie am Arm zurück und stieg ein.

Sie hielt die Tür fest. »Wer hat denn den Zuschlag für das Objekt erhalten?«

»Über meine Klienten gebe ich grundsätzlich keine Auskunft.« Er knallte die Tür mit Wucht zu, startete den Motor und brauste davon.

»Seltsamer Kautz«, sagte Lukas und sah ihm nach.

Maike fuhr sich über die Stirn und bemerkte, dass ihre Kopfschmerzen weg waren. »Es wird doch wohl kein Geheimnis sein, wer die Immobilie am Ende gekauft hat.«

»Vielleicht weiß das Annas Verlobter«, warf Lukas ein.

Maike nickte. »Kontaktiere ihn bitte und frag nach. Ich versuche es derweilen bei Gerhard Düvelmeyer. Anna war mit dem Hotelmanager befreundet und hat womöglich mit ihm darüber gesprochen. Er könnte es also auch wissen.«

Sie zückten beide ihre Smartphones.

14. Kapitel

Zoe richtete die Lupenlampe auf den fast unversehrten Unterarm, der auf dem Seziertisch vor ihr lag. Er war tiefer vergraben und somit für die Wildtiere unzugänglich gewesen. »Eindeutig Stichverletzungen«, sagte sie fürs Protokoll. »Sie sind tiefer als lang.«

Thomas rückte seine Nickelbrille zurecht und beugte sich weiter vor. »Passive Abwehrverletzungen. Das Opfer war also während des Angriffs bei Bewusstsein.«

»Sie wollte sich schützen«, sagte Mira und strich beinahe ehrfürchtig über die Haut.

Zoe setzte das Skalpell an und schnitt ins Fleisch, um sich die Tiefe und Form der Stichverletzung genauer anzusehen.

»Das war kein Messer«, stellte Zoe fest. »Das wäre zumindest einseitig scharf. Hierbei handelte es sich um etwas Ungeschliffenes, einen spitz zulaufenden Gegenstand.«

»Es könnte die Waffe sein, die zum Tod geführt hat«, sagte Thomas und schaute auffordernd zu Zoe.

»Raterunde? Hast du Lust auf eine Runde Sherlock und Watson?«, fragte sie.

Bevor Thomas antworten konnte, klingelte das Telefon an der Wand. Da sie heute den einzigen Tisch im Sektionssaal belegten, streifte sich Mira die Handschuhe ab und griff zum Hörer.

»Ich zähle fünf Stiche«, fuhr Zoe mit der Protokollierung fort. »Da wir davon ausgehen müssen, dass nicht alle abgewehrt werden konnten, ist mit einer Vielzahl von Verletzungen am restlichen Körper zu rechnen, die vermutlich im Wahn zugefügt wurden.«

»Spricht für eine Hass- oder Verzweiflungstat«, pflichtete Thomas ihr bei.

»Wir bekommen noch eine Lieferung«, sagte Mira und legte den Hörer auf.

»Der Pizzabote?«, fragte Thomas.

»Fast. Wie es aussieht, wurde ein Teil des Torsos gefunden.«

»Das klingt vielversprechend.« Zoe bat sie, den Unterarm nochmals von allen Seiten zu fotografieren. »Anna Schmaus starb womöglich durch die Stichverletzungen, aber die genaue Todesursache ist noch immer unklar. Der Torso kann uns da hoffentlich weiterhelfen.«

»Gibt es denn inzwischen Verdächtige?«, fragte Thomas und entnahm Gewebeproben vom Arm.

»Gut, dass du fragst. Weiß jemand, ob die Testergebnisse mittlerweile vorliegen? Ich hab gestern extra noch mal im Labor angerufen und um Eile gebeten.«

Sowohl Thomas als auch Mira zuckten mit den Schultern.

Zoe streifte die Silikonhandschuhe ab und ging zu dem Aluminiumtisch neben der Tür, auf dem sie ihr Smartphone abgelegt hatte. Sie wählte die Nummer der Abteilung für forensisch-genetische Spurenunter-suchung.

»Laborassistenz Beyer«, meldete sich eine Laborantin zu Wort.

»Hallo, Frau Beyer, Zoe Schwäfel hier. Ich rufe an, um nach dem DNA-Abgleich zu fragen.« Die Laborantin wusste sofort um welchen Fall es ging, und Zoe sprach weiter. »Stimmt die DNA vom Försterstand mit der von dem Hautstück überein? Und die Ergebnisse von dem Blut auf den Schlachtmessern und von der Speichelprobe stehen auch noch aus.«

»Ah, ja, dafür haben wir gestern noch Überstunden geschoben.«

Tja, das taten sie hier wohl alle. »Haben Sie die Ergebnisse?«

»Moment, ich schaue vorsichtshalber noch mal in den Computer, damit ich Ihnen nichts Falsches sage.«

Zoe hörte, wie sie das Telefon beiseitelegte, und beobachtete Mira und Thomas, die den Unterarm gerade in eine Plastiktüte packten. Ihr Kollege hatte Miras Joker-Auftritt auf einem Foto festgehalten und ausgedruckt. Jetzt hing sie im DIN-A4-Format als schriller Clown an der Wand.

»So, da bin ich wieder«, meldete sich Frau Beyer zurück. »Die Tests sind noch nicht abgeschlossen, aber es steht zumindest schon fest, dass es sich ausschließlich um tierisches Blut handelt und es keine DNA-Übereinstimmung mit anderen Proben gibt.«

Zoe biss sich auf die Unterlippe. Nach Maikes Schilderung der Vernehmung hatte sie es bereits geahnt. Wie es aussah, war Roland Hammer nur ein Stalker und kein Mörder.

»Okay, danke. Schönen Tag noch.«

Sie legte auf und wollte Maikes Nummer wählen. Da sprang die Tür auf und ein Rollwagen mit einem eingetüteten Torso wurde hereingefahren. Sie legte ihr

Smartphone wieder ab. Das wollte sie sich vorher noch ansehen. Mit etwas Glück konnte sie Maike im Anschluss die Todesursache mitteilen.

»Wo ist der Fundbericht?«, erkundigte sich Zoe, woraufhin Thomas ein Klemmbrett von der unteren Etage des Rollwagens nahm und ihr reichte.

Sie überflog Walter Pöllers Angaben. »Der Torso wurde weitab von den anderen Körperteilen in einem Gebüsch gefunden«, fasste sie für ihre Kollegen zusammen. »Er war nicht vergraben, wurde vermutlich von Tieren verschleppt.«

»Na, hoffentlich haben sie uns etwas übriggelassen«, sagte Thomas und packte mit Miras Hilfe einen halben Rumpf aus. »Das ist der Bauchbereich. Der Täter hat also auch den Torso zerstückelt.«

Zoe zog sich wieder Handschuhe an, beugte sich über den Körperteil und betrachtete seine Beschaffenheit. Die Wildschweine hatten den Torso aufgerissen und die Innereien gefressen. Auf einigen Hautstücken erkannte sie Stichverletzungen, wie sie sie bereits auf dem Unterarm festgestellt hatte.

Nachdem sie alle Wunden vermessen und auch die Knochen auf Verletzungen überprüft hatten, trat Zoe vom Tisch zurück.

»Durch das komplette Fehlen der Organe und des Kopfes können wir nur spekulieren.« Zoe seufzte. »Anna Schmaus' Schicksal wird sich wohl nur klären lassen, wenn der Täter gefunden wird.«

15. Kapitel

Annas Verlobter hatte nichts von der Absage der Immobilie gewusst. Offenbar hatte sie ihn nicht mit ihren eigenen Sorgen belasten wollen. Gerhard Düvelmeyer, der Hotelmanager, hatte Maike und Lukas jedoch weiterhelfen können. Anna hatte kurz vor ihrem Verschwinden mit ihm über ihre Enttäuschung gesprochen, und es war in der Branche ein offenes Geheimnis, wer stattdessen den Zuschlag erhalten hatte.

Zelco Pawlow besaß in Köln-Ehrenfeld eine gutgehende Bar namens *Pawlow,* die Maike schon einige Male mit Zoe und Mark besucht hatte. Am frühen Nachmittag war die Bar allerdings noch nicht geöffnet und so standen sie und Lukas vor der verschlossenen Eingangstür.

»Ich schau mal nach der Telefonnummer«, sagte Lukas.

Maike hielt die Hände neben ihre Augen und versuchte, durch die Scheibe in den dunklen Innenraum zu blicken. Da fuhr ein Transporter durch die seitliche Hauseinfahrt in den Innenhof. Seine Aufschrift verriet, dass es sich um den Getränkehändler handelte.

»Hier geht's lang«, sagte sie zu Lukas und folgte dem Wagen.

Ein schlaksiger Typ ging auf den Fahrer zu und nahm den Lieferschein entgegen. »Na, wird auch Zeit, denn davon hab ich nicht so viel.« Er lispelte. »Ich stehe mir hier schon die Beine in den Bauch.« Er öffnete die Hecktür, stieg in das Fahrzeug und sortierte Getränkekästen.

»Entschuldigung«, rief Maike. »Wir müssten in einer dringenden Angelegenheit mit Herrn Zelco Pawlow sprechen.«

Der Schlaksige wandte sich zu ihnen um und schielte dermaßen, dass sie nicht sagen konnte, ob er Lukas oder sie ansah.

»Der Boss ist oben, aber ich weiß nicht, ob er Zeit hat.« Er zog ein Smartphone aus seiner Hosentasche, tippte darauf herum, hielt es ans Ohr und wartete. »Eine Frau und ein Bulle wollen dich sprechen.«

Lukas straffte neben ihr die Schultern und strich über das Uniform-Abzeichen auf seinem Ärmel. »Achten Sie auf Ihre Wortwahl. Ich bin Polizeikommissar und laut Paragraph –«

»Worum geht's denn?«, unterbrach ihn der Typ.

»Um die Immobilie im Rheinauhafen«, antwortete Lukas und machte einen Schritt auf ihn zu.

Maike schmunzelte. Sie fand es süß, wie er sich vor ihm behauptete.

»Ums Rheinufer«, gab der Mann stark vereinfacht weiter. »Ja, hm, gut, sag ich und schick sie hoch.«

»Wohin sollen die Kästen?«, fragte der Transporter-Fahrer.

»Die Spirituosen gleich hinter den Tresen, alles andere in den Keller.« Er lief zum Hintereingang und winkte sie zu sich.

Abends war Maike die Bar bedeutend lieber, mit Musik, Bier, netten Leuten. Jetzt wirkte der Raum nüchtern und kalt.

Sie folgten dem Mann entlang der Theke, an den Stehtischen vorbei, in den Flur mit den Toiletten. Dort deutete er auf eine Treppe am Ende des Ganges.

»Die Stufen hoch und dann die dritte Tür rechts. Der Boss hat aber wenig Zeit. Sie sollen sich kurzfassen.«

Maike stieg vor Lukas die Treppe hinauf, blieb vor der Tür stehen und klopfte.

»Herein«, hörten sie von drinnen.

Zelco Pawlow erhob sich langsam hinter seinem Schreibtisch, kam hervor und reichte ihnen die Hand. Er war ein kleiner Mann, der Maike gerade mal bis zum Kinn reichte.

»Wie kann ich Ihnen helfen?«

Sein Schreibtischstuhl war die einzige Sitz-möglichkeit im Raum. Daher blieben sie einander gegenüber stehen.

»Wie ich hörte, haben Sie kürzlich eine begehrte Immobilie am Rheinufer erworben«, sagte Maike.

Pawlow nickte. »Das ist zwar noch nicht offiziell, aber unter den Kölner Gastronomen spricht sich das natürlich schnell herum.« Er fuhr sich über das schwarz gescheitelte Haar. »Darf ich fragen, warum Sie das interessiert? Soll ich Sie auf die Gästeliste für die Eröffnungsfeier schreiben?« Sein Blick glitt über Lukas' Polizeiuniform.

»Ist Ihnen bekannt, wie viele Bewerber es für die Immobilie gab?«, erkundigte sich Maike, ohne seine Frage zu beantworten.

»Na ja, anfänglich war die Konkurrenz groß, erst nach und nach kristallisierten sich Bewerber heraus, die ein überzeugendes Konzept vorlegen konnten. Soviel ich weiß, waren es am Ende vier ernstzunehmende.«

Maike nahm ihr Notizheft aus der Jackentasche. »Dann kann man Sie ja wirklich beglückwünschen.«

Er lächelte. »Danke.«

»Wie kam es denn dazu?«, hakte Maike nach.

Herr Pawlow sah sie beide abwechselnd an und rieb sich den Nacken. »Was meinen Sie?«

»Ich meine, weshalb haben ausgerechnet Sie die Zusage bekommen?«

Er hob die Schultern. »Ich hab mir mit meiner Bar schon einen Namen gemacht. Eine zweite, in der bevorzugten Lage am Rhein, ist für das Kölner Nachtleben eine Bereicherung.«

»Aber wenn Sie ehrlich sind, hätten dieses Kriterium auch andere Bewerber oder *Bewerberinnen* erfüllt«, konterte sie. »Ein nobles Restaurant einer Sterneköchin zum Beispiel.« Sie verschränkte die Arme vor der Brust. »Kennen Sie Anna Schmaus?«

»Kennen ist zu viel gesagt.«

»Sind Sie ihr mal begegnet?«

Pawlow runzelte die Stirn, nickte.

»Wann das letzte Mal?«

Er lief um seinen Schreibtisch herum und setzte sich wieder. »Vor ein paar Tagen, als ich die Unterlagen von meinem Makler abgeholt habe.«

Maike stutzte. Lukas und sie sahen sich an.

»An welchem Tag genau?«, erkundigte Lukas sich.

Zelco Pawlow kratzte sich an der Stirn. »Das war, glaube ich, letzte Woche Dienstag.«

»Und da haben Sie Anna Schmaus im Büro des Maklers gesehen?«, fragte Maike.

»So ist es. Warum interessiert Sie Anna Schmaus so sehr?«

Das hatte der Makler sie nicht gefragt. Und vor allem hatte er angegeben, Anna zuletzt vor zwei Wochen gesehen zu haben und nicht, wie Pawlow gerade behauptete, vor wenigen Tagen.

»Vielen Dank für Ihre Auskunft.« Sie nickte ihm zu. »Eventuell kommen wir für weitere Fragen noch mal auf Sie zurück. Sie haben doch sicherlich eine Visitenkarte.«

Er kramte in seiner Schublade und reichte ihnen schließlich eine über den Tisch.

Anschließend verabschiedeten sie sich und verließen die Bar.

»Den Makler würde ich mir gern mal näher ansehen«, sagte sie auf dem Weg zum Auto. »Oliver Willrich hat in Bezug auf sein letztes Treffen mit Anna gelogen. Lass uns herausfinden, warum er das getan hat.«

Kaum saßen sie im Auto, klingelte ihr Smartphone. Sie steckte es in die Armaturenhalterung, schaltete auf Lautsprecher und fuhr los.

»Ich habe neue Informationen für dich«, meldete sich Zoe.

Maike setzte den Blinker. »Lass hören.«

»Die Blutanalysen von Herrn Hammers Hausuntersuchung liegen vor. Es konnte kein Bezug zu Anna Schmaus nachgewiesen werden.«

Lukas schlug seufzend mit der Faust auf sein Bein. »Dann ist der Jäger wohl nicht unser Täter.«

»Wenn du noch mehr schlechte Nachrichten hast, will ich sie, glaube ich, nicht hören«, ließ Maike Zoe wissen.

»Wir können davon ausgehen, dass Frau Schmaus erstochen wurde, und ich tippe auf eine Hass- oder Verzweiflungstat.«

Maike streckte den Rücken. »Ich bin ganz Ohr.«

»Uns liegen ein Unterarm und ein Teil des Torsos vor. Mehrere Stichverletzungen. Bei der Tatwaffe ist ein Messer allerdings auszuschließen. Es handelt sich um einen anderen spitz zulaufenden Gegenstand.«

»Was käme da infrage?«, hakte Maike nach.

»Alles, was spitz und ungeschliffen ist.«

»Na, klasse.« Maike atmete tief durch und sah zu Lukas. Der hörte allerdings nicht mehr zu, da er selbst telefonierte und sich um Roland Hammers Freilassung kümmerte.

»Wir haben Abstriche in den Stichkanälen vorgenommen«, fuhr Zoe fort. »Aber du weißt ja, wie das ist …«

»Jetzt heißt es wieder abwarten«, vollendete Maike ihren Satz.

»Ich melde mich heute Abend noch mal bei dir«, sagte Zoe. »Bis später.«

Maike und Lukas beendeten gleichzeitig ihre Gespräche.

»Viele Grüße von Herrn Grasso«, sagte Lukas. »Er wollte dich sprechen, aber ich hab ihm gesagt, dass du gerade telefonierst und im Stress bist. Roland Hammers Freilassung wird in die Wege geleitet. Grasso ruft dich später an. Er braucht wohl deine Unterschrift.«

»Alles klar, danke.«

Eine Viertelstunde später parkten sie das zweite Mal an diesem Tag vor Oliver Willrichs Kanzlei. Der BMW des Maklers war nirgends zu sehen.

Sie betraten den separaten Anbau des dreistöckigen Bürokomplexes, der allein für die Kanzlei zur Verfügung stand. Über eine Treppe gelangten sie ohne Zwischentür in einen großzügigen Raum, der als Empfangs- und Wartebereich diente. Gleich neben dem Treppenaufgang stand ein Sockel, der jedem, der hier vorbeikam, sofort ins Auge sprang. Darauf prangte das Architekturmodell eines Schlosses, dessen aufwendige Gestaltung von einem Strahler beleuchtet wurde. Maikes Blick blieb daran hängen. *Beeindruckend,* dachte sie.

Hinter einem Tresen sah eine kleine mollige Frau mit lockigen grauen Haaren hervor. »Was Sie sich da anschauen, das ist Herrn Willrichs ganzer Stolz, eine Art Lebenswerk. Er hat es gemeinsam mit einem Architekturbüro entworfen, mitfinanziert und am Ende einen wichtigen Preis dafür erhalten.« Sie lächelte freundlich. »Herr Willrich ist allerdings gerade außer Haus. Darf ich Ihnen weiterhelfen?«

»Wann wird Ihr Chef zurück sein?«, erkundigte Maike sich.

»Das kann man bei Auswärtsterminen leider nie sagen«, entgegnete sie. »Wenn Sie mir Ihr Anliegen schildern wollen, leite ich es an Herrn Willrich weiter.«

»Wir haben etwas Persönliches mit ihm zu besprechen«, erwiderte Lukas.

Sie musterte seine Uniform. Die Anwesenheit eines Polizisten schien sie zu verunsichern.

»Man hört nur Gutes über die Kanzlei«, sagte Maike, um sie von der Uniform und damit verbundenen schlechten Gedanken abzulenken.

»Oh, das hören wir natürlich gern. Mein Chef ist auch immer sehr darum bemüht, alle Klienten zufriedenzustellen. Er ist ein richtiges Arbeitstier.«

»Aber allen Kunden kann man es doch nicht recht machen, oder?«

»Sicherlich nicht. Dennoch denke ich, die Klienten merken ihm die Leidenschaft an, die er für seinen Job mitbringt. Letztes Jahr wurde er sogar von der Stadtverwaltung als erfolgreichster Immobilien-vermittler ausgezeichnet.« Sie deutete auf das aufwendige Architekturmodell neben der Treppe. »Und in den öffentlichen Bewertungen liegt er auch seit Jahren vor seinen Konkurrenten an der Spitze.« Sie drehte sich eine Locke um den Finger. »Um diesen Platz zu halten, ist er quasi zu jeder Tages- und Nachtzeit erreichbar. Urlaub kennt er nicht. Ich arbeite jetzt seit fünf Jahren für ihn und habe letzte Woche das erste Mal erlebt, dass dieses Büro geschlossen war.«

Maike war immer wieder fasziniert, dass eine unbedeutende Frage schon ausreichen konnte, um Menschen zum Reden zu bringen. Sie legte den Kopf schräg. »Also war er verreist?«

»Nein, nein, es ging ihm nicht gut. Bei diesem Arbeitspensum war es ja auch nur eine Frage der Zeit, bis sein Körper mal rebelliert.«

Lukas lehnte sich auf den Tresen und verfiel in einen überraschend vertraulichen Ton. »Was hatte er denn genau?«

Vielleicht sollte Maike bei dem Geplauder noch schnell zum Bäcker gehen und Kaffee und Kuchen besorgen.

»Schwindel und Erschöpfung. Wenn Sie mich fragen, waren das auch die Nachwehen einer verschleppten Erkältung. Ich hätte hier allein die Stellung gehalten, aber er hat mir großzügigerweise sogar drei Tage bezahlten Urlaub gegeben.«

Maike verengte die Augen. »Wann war das noch mal genau?«

»Vergangene Woche.«

Sie wandte sich von der Sekretärin ab und ließ ihren Blick gedankenverloren durch den Raum gleiten. Es war schon ein seltsamer Zufall, dass Oliver Willrich ausgerechnet in dem Zeitraum nicht gearbeitet hatte, in dem Anna Schmaus verschwunden war.

16. Kapitel

»Ich rufe meinen Chef an und sage ihm, dass Sie hier warten«, sagte Willrichs Sekretärin, als sie auf der dunkelbraunen Wildledercouch Platz nahmen. Sie griff zum Telefon.

»Tun Sie das bitte nicht. Wir würden ihn gern überraschen«, sagte Maike und lächelte.

Es war besser, wenn Oliver Willrich unvorbereitet auf sie traf. Dieser Mann hatte etwas zu verbergen.

Es verging eine halbe Stunde, in der Lukas unentwegt mit den Beinen wippte. Ein Blick auf die Wanduhr verriet ihr, dass es mittlerweile nach 17 Uhr war. Draußen wurde es langsam dunkel. Die Straßen-laternen spiegelten sich in den Fenstern.

»Er kommt aber sicher noch mal ins Büro?«, fragte sie.

Die Sekretärin saß auf der anderen Raumseite hinter dem Empfangstresen und blickte hoch. »Herr Willrich verbringt jeden Abend hier. Ich habe gleich Feierabend, er geht nicht vor 22 Uhr.«

Maike stand auf. »Hat er keine Familie?«

»Nein. Wie ich schon sagte, er lebt für seinen Beruf, da bleibt für Frau und Kinder keine Zeit.«

Während sie sprach, hörte Maike die Eingangstür zuschlagen und Schritte die Treppe heraufkommen. Auf den obersten Stufen konnte sie Oliver Willrich durch die Geländersprossen sehen. Als er sie ebenfalls erblickte, blieb er stehen.

»Was wollen Sie denn schon wieder von mir?«

Die Sekretärin sah zwischen ihm und Maike hin und her. Sie wirkte irritiert.

»Wieso haben Sie mich nicht angerufen und informiert?« Er warf zwei Ordner vor ihr auf den Tresen.

»Das ist meine Schuld«, erwiderte Maike an ihrer Stelle. »Ich hatte Bedenken, dass Sie uns dann abwimmeln würden.«

»Zu Recht. Ich habe noch zu tun. Auf Wiedersehen!« Herr Willrich lief an ihnen vorbei. »Wenn ich Ihnen bei einer Immobilie behilflich sein kann, lassen Sie sich bitte einen Termin geben.« Er ging in sein Büro.

Maike folgte ihm und fing die Tür auf, bevor sie vor ihr ins Schloss fiel.

»Es interessiert mich, warum Sie vorhin in Bezug auf Anna Schmaus gelogen haben.« Sie setzte sich wie selbstverständlich auf den Stuhl gegenüber dem Schreibtisch.

Seine Miene zeigte deutlich, dass ihm ihr Verhalten missfiel. »Worauf wollen Sie hinaus?«

»Sie haben Anna Schmaus am Dienstag letzte Woche zuletzt gesehen und nicht, wie von Ihnen behauptet, vor zwei Wochen.«

»Acht Tage, zwei Wochen.« Er warf die Hände in die Höhe und ließ sich auf seinen Schreibtischstuhl sinken. »Was weiß denn ich? Bei den vielen Terminen verliert man schon mal den Überblick.« Er nahm eine Pillendose aus der Schublade, fischte eine blaue Tablette heraus und schluckte sie hinunter. »Frau Beckmann, machen Sie für heute Feierabend, aber bringen Sie mir vorher noch einen Kaffee«, rief er zur offen stehenden Tür hinaus.

Lukas war ebenfalls ins Büro gekommen und stellte sich hinter Maike.

»Wenn Sie mich jetzt entschuldigen würden ...« Oliver Willrich sah sie an und deutete mit seinem ziegenbärtigen Kinn zur Tür.

»Haben Sie eine Vermutung, weshalb Frau Schmaus verschwunden sein könnte?«

»Nein, habe ich nicht. Und jetzt gehen Sie.«

»Haben Sie eine Idee, wer dahinterstecken könnte?«

Er atmete tief durch. »Hören Sie. Ich kannte diese Frau kaum. Sie war eine Klientin unter vielen. Woher soll ich wissen, wer sie umgebracht hat? Befragen Sie da besser ihren Bekanntenkreis.«

Maike legte den Kopf schräg. »Woher wissen Sie denn, dass Anna nicht mehr lebt?«

Sie spürte Lukas' Hand auf ihrer Schulter. Oliver Willrich war kurz zusammengezuckt, starrte auf das oberste Blatt in einem vor ihm aufgeschlagenen Ordner.

»Das haben Sie mir heute Nachmittag gesagt.«

Maike presste die Lippen zusammen, umklammerte die Armlehne des Stuhls. »Wenn ich etwas ganz genau weiß, dann, dass ich das nicht getan habe.«

»Dann habe ich es wahrscheinlich in einer Zeitung gelesen.«

Ihr Herz begann schneller zu schlagen. Der Mann tischte ihnen eine Lüge nach der anderen auf.

»In welcher Zeitung denn?«

Er sah auf und starrte sie an. »Ich lese viele. Keine Ahnung, in welcher.«

Seine Sekretärin kam mit einem Tablett herein.

»Nun, Herr Willrich, die Presse wurde noch nicht über Anna Schmaus' Tod in Kenntnis gesetzt.« Maike stand auf. »Wir sollten uns wohl besser im Kölner Polizeipräsidium weiter unterhalten.«

Sie bemerkte, dass Lukas seine Hand auf das Waffenholster am Gürtel gelegt hatte. Er war sichtlich nervös, da er offenbar ebenfalls realisierte, dass sie den Mörder gefunden hatten.

Die Sekretärin servierte ihrem Chef gerade den gewünschten Kaffee und stellte einen Teller mit Keksen neben ihm ab. Sie hielt mitten in der Bewegung inne. »Polizeipräsidium?«

Oliver Willrich starrte Maike nach wie vor an. Seine Lippen zitterten und verzogen sich zu schmalen Linien.

Sie erschrak, als er mit einer schnellen Bewegung etwas aus seinem Stiftehalter zog, der auf dem Schreibtisch stand. Ruckartig stand er auf, packte Frau Beckmann, zerrte sie vor sich und hielt ihr drohend ein Messer an den Hals.

Die Sekretärin schrie auf und umklammerte seinen Unterarm, der gegen ihre Kehle drückte. Ihr Chef hatte von hinten einen Arm um sie geschlungen und hielt sie im Würgegriff.

Erst auf den zweiten Blick erkannte Maike, dass es sich bei der Waffe nicht um ein Messer, sondern um einen Brieföffner handelte. Ein antikes Stück mit einem silbernen Griff, der zu einer Figur gegossen war, die Maike durch Willrichs Umklammerung nicht erkennen konnte. Der Brieföffner an sich bestand aus einem beigefarbenen Material, das sie als Elfenbein zu erkennen glaubte. *Ein spitz zulaufender Gegenstand,* schossen ihr Zoes Worte durch den Kopf.

Sie hob beschwichtigend die Hände. »Machen Sie keinen Unsinn, Herr Willrich.«

Lukas hatte neben ihr die Dienstwaffe gezogen.

»Gehen Sie dort hinüber!« Drohend drückte er die Spitze des Brieföffners auf eine hervortretende Ader an Frau Beckmanns Hals und deutete mit dem Kopf zum Fenster.

Als sie seiner Aufforderung nachgekommen waren, zerrte er die Frau mit sich zu einem Aktenschrank. Sie wimmerte.

»Beruhigen Sie sich bitte. Wir wollen nur mit Ihnen reden.«

»Bleiben Sie, wo Sie sind! Glauben Sie wirklich, ich lasse mich von Ihnen wegsperren?« Er riss die Schranktür auf und zerrte eine Reisetasche heraus, aus der Geldscheine fielen.

Dafür gab er den Klammergriff auf, bedrohte seine Sekretärin aber weiterhin mit dem Brieföffner. Wäre sie nur ein klein wenig zur Seite getreten, hätten sie Willrich anschießen können. Doch Frau Beckmann rührte sich nicht, wirkte wie gelähmt.

»Sieht so aus, als hätten Sie sich ein paar Geldscheine zur Seite gelegt«, sagte Lukas.

»Halten Sie den Mund. Ich habe mir jahrelang den Arsch aufgerissen, habe alles für diese Kanzlei geopfert.« Er schulterte die Tasche und bewegte sich mit Frau Beckmann im Schlepptau Richtung Tür.

»Es ist anzunehmen, dass das Finanzamt im Gegensatz zu Anna Schmaus nichts von dem Geld in ihrem Schrank wusste«, schlussfolgerte Maike. »Musste sie deshalb sterben?«

»Ich lasse mir mein Lebenswerk von niemandem kaputt machen, schon gar nicht von einer dahergelaufenen Köchin«, keifte Willrich.

»Sie wollte es publik machen, nicht wahr?« Maike folgte ihm langsam in den Empfangsbereich, Lukas ebenso. »Eine solche Menge Geld in einer Reisetasche aufzubewahren, ist wohl kaum üblich. Das ist Schwarzgeld. Ich vermute, Sie haben sich von Klienten bestechen lassen und ihnen dann den Zuschlag für die jeweilige Immobilie gegeben.«

»Oder Sie haben von sich aus Schmiergeld gefordert«, sagte Lukas und sah kurz Maike an. »Dazu sollten wir Zelco Pawlow mal genauer befragen.«

Oliver Willrichs Wangen glühten vor Zorn. Frau Beckmann keuchte auf, als er die Spitze des Brieföffners kräftiger gegen ihren Hals drückte und sie zur Treppe drängte.

»Was haben Sie jetzt vor?«, fragte Maike.

Frau Beckmann atmete schwer, als wäre sie kilometerweit gerannt. Auf Willrichs Glatze perlten Schweißtropfen.

»Ich habe genug Geld, um mir ein neues Leben aufbauen zu können.«

»Vermutlich nicht in Deutschland«, erwiderte Lukas.

»Eine neue *Identität* kann ich mir erkaufen!«, stieß Willrich zwischen zusammengepressten Zähnen aus.

»Lassen Sie Frau Beckmann gehen«, forderte Maike ihn auf.

Doch er zerrte seine Sekretärin unnachgiebig weiter.

Sie erreichten die Treppe. Maike bemerkte, wie er kurz zum Sockel auf sein preisgekröntes Architekturmodell blickte. Seine Trophäe konnte er nicht mitnehmen. Er musste sie ebenso wie sein altes Leben, sein schwer erarbeitetes Ansehen, zurücklassen.

Frau Beckmann wimmerte lauter, sagte aber kein Wort. Blut rann von ihrem Hals.

Maike spürte Lukas' Anspannung. Sie mussten etwas tun. Wer einmal getötet hatte, würde es auch wieder tun.

Willrich stieg rückwärts mit ihr die ersten Stufen hinab, hielt sie vor sich. Es war unmöglich, auf ihn zu schießen, und Frau Beckmann machte keinen Versuch, um ihm zu entkommen.

Lukas behielt den Makler mit ausgestreckten Armen im Visier. Sie blieben neben dem Sockel stehen und beobachteten Willrich und Frau Beckmann dabei, wie sie Stufe um Stufe hinabstiegen. Die Hälfte der Treppe hatten sie fast erreicht. Maike musste etwas riskieren, auch wenn sich die Sekretärin dabei verletzen konnte.

»Vergessen Sie ihre Trophäe nicht«, rief Maike ihm zu, schnappte sich in einer schnellen Bewegung das Architekturmodell und warf es ihm nach.

Sie konnte den Schreck in seinem Gesicht erkennen, als er Frau Beckmann losließ und zur Seite trat, um instinktiv das, was ihm so wertvoll war, aufzufangen. Dabei rutschte ihm die Reisetasche von der Schulter und er verlor das Gleichgewicht.

Lukas brauchte nicht auf ihn zu schießen. Der Makler stürzte mitsamt der Tasche und dem Architekturmodell polternd die Treppe hinab. Dort zerbrach es in Einzelteile. Willrich kam auf den untersten Stufen zum Liegen.

Frau Beckmann eilte weinend zu ihnen herauf und warf sich in Maikes Arme. Sie tätschelte ihr beruhigend den Rücken und drängte sie dann sanft zur Seite, um ebenfalls die Waffe zu ziehen.

Willrich versuchte aufzustehen, schrie jedoch vor Schmerzen auf und blieb liegen. Der Brieföffner hatte sich beim Fallen in seinen Oberschenkel gebohrt.

Maike blieb vor ihm stehen. »Wir verhaften Sie hiermit wegen Verdacht des Mordes an Anna Schmaus.«

»Und wegen Betrugs«, setzte Lukas nach und Maike sah ihm an, dass er in solchen Momenten am liebsten ein Cop in einem amerikanischen Film wäre. *Sie haben das Recht zu schweigen und so weiter.* Sie war sicher, er würde den Text fehlerfrei vortragen.

Oliver Willrich legte den Kopf auf einer Stufe ab, biss die Zähne zusammen und keuchte. Er hatte sich vermutlich etliche Knochen gebrochen. Handschellen waren nicht nötig.

Maike rief zuerst einen Krankenwagen und dann Verstärkung. Während Lukas die Spurensicherung anforderte und sich um die Abriegelung der Kanzlei kümmerte, spendete sie der völlig aufgelösten Frau Beckmann Trost.

Später warteten sie draußen auf den Krankenwagen und behielten den Makler durch die Glastür im Blick. Als die Sanitäter mit flackerndem Blaulicht eintrafen, klopfte sie Lukas auf die Schulter, und er lächelte zufrieden.

17. Kapitel

Tage später kehrten sie von Oliver Willrichs Krankenbett zurück und setzten sich an Lukas' Schreibtisch, um gemeinsam den Abschlussbericht zu tippen. Gabi saß ihnen an ihrem Arbeitsplatz gegenüber. Sie hatte wieder Kuchen gebacken, von dem Maike auch gleich ein Stück verputzte.

»Wie lange wird Oliver Willrich noch im Krankenhaus bleiben?«, fragte Gabi.

»Keine Ahnung«, erwiderte Maike mit vollem Mund. »Er hat sich bei dem Sturz die Hüfte gebrochen und wurde operiert. Die Reha bekommt er später in der U-Haft.«

»Hat er gestanden?«

»Bei der Beweislage hatte er gar keine andere Chance. Zoe hat den Brieföffner mittlerweile als Tatwaffe bestätigt. Ein Erbstück seines Großvaters, von dem er sich nicht trennen wollte.«

Lukas schmunzelte. »Willrich hätte ihn besser entsorgen sollen. Genauso wie das Beil und die Messer und ...« Er sah Maike an. »Ob sie Anna Schmaus' Kopf jemals finden werden?«

Sie zuckte mit den Schultern. Der Makler hatte die Zerstückelungswerkzeuge in Tüten gepackt und in verschiedenen Müllcontainern der Stadt verteilt. Mit Annas Kopf war er ebenso vorgegangen.

»Hat Willrich angegeben, warum er Annas Leichenteile ausgerechnet im Niederteerbacher Wald verscharrt hat?«, erkundigte sich Gabi.

»Als reine Vorsichtsmaßnahme«, antwortete Lukas. »Falls die Überreste gefunden werden, wollte er den Verdacht auf einen Ortsansässigen lenken. Allerdings hat er gehofft, dass die Wildtiere sich schnell darum kümmern, und hat die Leichenteile deshalb nicht tief vergraben und auch nicht eingetütet.«

Gabi nahm sich ebenfalls ein Stück Kuchen vom Teller, lehnte sich zurück und biss hinein. »Also wusste er von ihrem Bezug zu Niederteerbach?« Sie schmatzte.

Maike nickte. »Anna hat ihm das Haus gezeigt, das sie von ihrer Oma geerbt hatte, um es von ihm verkaufen zu lassen. Sie brauchte das Geld für den Erwerb der Immobilie im Rheinauhafen.«

»Und da hat er sein wahres Gesicht gezeigt«, warf Lukas ein. »Er hat von Anna verlangt, ihm den Erlös des Hauses in bar zu überlassen, wenn er ihr im Gegenzug den Zuschlag für das Objekt am Rheinufer gibt.«

Gabi schluckte den Bissen hinunter. »Er hat sie erpressen wollen?«

»Wie es aussieht, hat er ständig Schmiergelder von seinen Klienten kassiert«, entgegnete Maike. »Angebot und Nachfrage, oder sagen wir: wenig Angebot, viel Nachfrage; so sieht der Wohnungsmarkt in Köln aus. Deswegen haben seine sehr gut betuchten Kunden das Spielchen mitgemacht. Das wird für einige sicherlich noch Konsequenzen haben.«

Gabi hielt sich eine Hand aufs Herz. »Und weil Anna es abgelehnt hat, hat er sie umgebracht und zerstückelt?«

»Noch nicht. Es kam deshalb zum Streit im Garten, den die Anneliese, also Frau Lehmann, nebenan gehört hatte.« Maike nahm sich ein weiteres Stück Kuchen. Sie konnte Lukas für seine Selbstbeherrschung nur bewundern. Kein Wunder, dass er so dünn war.

»Von Zelco Pawlow hat er dann aber schließlich unter der Hand einen hohen Geldbetrag erhalten und das hat Anna gesehen, als sie abends unerwartet in der Kanzlei auftauchte«, erklärte er Gabi.

»Pawlow hat bestritten, dass es sich um Schmiergeld handelt, und ist gegangen«, führte Maike aus. »Die Sekretärin hatte bereits Feierabend und es kam erneut zum Streit zwischen Anna und Willrich.«

»Und dann geschah es«, flüsterte Gabi unheilvoll und sah sie abwechselnd an. Fehlte nur noch, dass sie ihr eine Packung Popcorn reichten.

»Anna hat ihm damit gedroht, seine Machenschaften öffentlich zu machen, und da sind bei ihm die Sicherungen durchgebrannt«, fuhr Maike fort. »Erst hat er ihr wohl noch angeboten, eine Lösung zu finden, die sie beide zufriedenstellt. Aber sie hat das abgelehnt und als sie sein Büro verlassen wollte, hat er im Affekt zu dem Brieföffner gegriffen und auf sie eingestochen.«

Lukas schnalzte mit der Zunge. »Sein guter Ruf durfte nicht beschmutzt werden und er fürchtete sich auch vor einer Anklage wegen Bestechung. Seine Karriere hätte vor dem Aus gestanden.«

Gabi griff ein zweites Stück Kuchen statt Popcorn. »Und dann?«

»Sie hat am Boden gelegen und nur schwach geatmet. Damit sie den Parkettboden nicht noch mehr mit ihrem Blut besudelt, hat er sie in den gefliesten Toilettenraum geschleift und dann erst mal sein Büro geputzt.«

Gabi schüttelte kaum merklich den Kopf. »Das ist so grausam«, flüsterte sie und griff sich ein drittes Stück Kuchen.

Maike nahm sich auch noch schnell eins, bevor der Teller leer war.

»So richtig grausam wird es erst noch«, entgegnete Lukas und sah vom Computerbildschirm auf. »Oliver Willrich hat die ganze Nacht im Büro verbracht und sich erst am Morgen getraut, wieder nach Anna Schmaus zu sehen. Sie war verblutet.«

Maike sah bedauernd zu, wie Gabi sich das letzte Stück Kuchen schnappte.

»Er hat seine Sekretärin angerufen, behauptet, dass er krank sei, und sie für drei Tage beurlaubt. Dann ist er nach Hause gefahren, hat sich Messer und bei der Rückfahrt auch das Beil in einem Baumarkt besorgt.«

»Den Rest hat er in dem Toilettenraum und später im Wald erledigt«, flüsterte Gabi und tastete mit der Hand über den leeren Teller, ohne den Blick von ihnen abzuwenden.

Maike nickte. »Walter Pöller und sein Team haben trotz Willrichs gründlicher Reinigung auf den Fliesen, im Waschbecken und dem Parkettboden von dort bis in sein Büro Annas Blutspuren gefunden. Und genauso in seinem Kofferraum. Den Koffer, in dem er die Überreste transportierte, hat er nach eigenen Angaben auch in einem Container entsorgt.«

Gabi klatschte so unvermittelt in die Hände, dass Lukas und Maike zusammenzuckten.

»Anna Schmaus' Mörder wurde gefasst und Zelco Pawlow muss sich wegen Bestechung verantworten.«

»Ich finde es schon ein bisschen schade, dass ich mir jetzt eine andere Lieblingsbar in Ehrenfeld suchen muss«, sagte Maike.

»Ihr zwei habt auf jeden Fall großartige Arbeit geleistet«, sagte Gabi.

»Du hast auch zum Ermittlungserfolg beigetragen«, erwiderte Maike und Lukas nickte bekräftigend.

»Darauf müssen wir anstoßen.«

Gabi stand auf und lief zu dem Aktenschrank, in dem sie einen geheimen Vorrat Sekt aufbewahrte. Gerade als sie zur Flasche greifen wollte, stürmte Sabine Graefe in Begleitung von Dorfjournalist Ingo Brandt herein. Natürlich ohne anzuklopfen.

»So geht das nicht weiter, Gabi. Horst von Deichs Gesang ist im ganzen Rathaus zu hören.«

Gabi stellte die Flasche hastig zurück und schloss den Schrank. »Oh je, den Horst habe ich ganz vergessen«, sagte sie und eilte an der Bürgermeisterin und dem Journalisten vorbei zur Tür hinaus.

»Frau Pech.« Die Graefe setzte ein strahlendes Lächeln auf, kam auf sie zu und schüttelte ihr überschwänglich die Hand. »Sie haben aufgeklärt, dass der Leichenfund in unserem Wald in keinerlei Verbindung mit Niederteerbach steht. Gut gemacht.«

»Na ja, zum einen war ich das nicht allein und zum anderen besitzt das Mordopfer hier ein Haus, das –«

»Jajaja, das ist nicht wichtig. Herr Brandt wird Sie in seinem Artikel dafür huldigen«, fiel Sabine Graefe ihr ins Wort und winkte den Journalisten heran. »In unserem Dorf wird stets für Recht und Ordnung gesorgt. Da kann sich Willi Herzog mit seinem Oberteerbach ein Beispiel dran nehmen. Und mit der bevorstehenden Eröffnung unseres Spa-Centers kann ich ihm die Segel endgültig aus dem Wind nehmen.«

»Sie meinen, den Wind aus den Segeln nehmen«, sagte Lukas.

Maike drückte ihr Knie unter dem Tisch gegen seins. Sie verkniffen sich beide das Lachen.

»In deinen Hafen werf ich meinen Anker und meine Segel blähen sich im Wind«, stimmte Horst beim Hereinkommen an. Er torkelte zu Sabine Graefe und hielt sich an ihrer Schulter fest. »Ja, hier bei dir, da will ich immer bleiben«, sang er lallend, kniff sie in die Wange und grinste breit. »Ich will von dir, nur Liebe und –«

»Das reicht jetzt!« Sie schob ihn von sich weg und fächerte mit der Hand seinen alkoholisierten Atem weg. »Gabi, bringen Sie Horst von Deich nach Hause. Wir wollen hier gerade von Frau Pech ein Foto für den Artikel im Niederteerbacher Volksblatt machen und dulden keine Störung.«

Gabi lehnte im Türrahmen und schmunzelte. »Entschuldigung, der Horst wollte sich unbedingt noch von Maike verabschieden.«

Wie auf Kommando tänzelte er, die Melodie weiter vor sich hin summend, auf sie zu. Er beugte sich zu Maike herab, schwer damit beschäftigt, nicht das Gleichgewicht zu verlieren. Mit gespitzten Lippen näherte er sich ihr, wobei sie immer weiter in Lukas' Richtung auswich.

»Einmal Blumen für Frau Pech«, rief ein Bote und zwängte sich an Gabi vorbei durch die Tür. Er legte den Strauß vor Maike ab und ließ sich den Erhalt von ihr quittieren. Dann wünschte er allen einen schönen Tag und verschwand so schnell, wie er gekommen war.

»Bist du vergeben?«, fragte Horst lallend, der sich wieder aufgerichtet hatte und den Blumenstrauß skeptisch musterte.

Maike zog eine Karte heraus und las die an sie gerichteten Zeilen:

Herzlichen Glückwunsch zum Ermittlungserfolg. Den müssen wir gebührend bei einem gemeinsamen Abendessen feiern. Du kannst wählen: Pizza oder Pommes.
Alles Liebe, Sandro.

Während sie lächelnd auf die Karte starrte, positionierte sich Frau Graefe mit Gabi hinter Lukas und ihr. Ingo Brandt schoss ein Foto, wobei Horst sich im letzten Moment mit aufs Bild stahl.

Epilog

Als Maike am Abend auf dem Heimweg den Marktplatz überquerte, sah sie Zoe bereits vor ihrem Haus stehen. Sie waren verabredet, und Zoe war mal wieder überpünktlich. Harry ließ gerade den Fensterladen seiner Fressoase herunter, wobei ihm die Tachmoiner zur Hand gingen. Sie winkten ihr zu, und sie winkte zurück.

»Hat jemand Geburtstag?«, fragte Zoe, als Maike die Schlüssel aus der Tasche kramte, und deutete auf den Blumenstrauß in ihrer Hand.

»Nein, den hat mir Sandro geschickt«, antwortete sie mit einem süffisanten Lächeln, schloss die Haustür auf und klingelte bei Philipp. »Sag mir bitte, dass alles nach Plan gelaufen ist?«, sagte sie, als er öffnete.

Crockett huschte an ihm vorbei und schmiegte sich an ihre Beine. Sie nahm die Katze mit der freien Hand auf und schmuste mit ihr.

Philipp nickte Zoe zu und lächelte. »Meinst du deine Haustiere oder den Klempner?«

»Beides.«

Philipp hob die Hand und ließ Maikes Wohnungsschlüssel, den sie ihm für den Besuch des Klempners überlassen hatte, vor ihren Augen hin und her baumeln. »Die schlechte Nachricht ist, dass ich dank deiner Katzen zwei Blumentöpfe eingebüßt habe.« Er grinste.

»Die gute: Du hast wieder eine warme Wohnung und ich werde die Quälgeister los.«

Maike jubelte. »Du hast echt was gut bei mir. Willst du hochkommen und was mit uns essen?«

Er blies sich eine rotblonde Locke aus den Augen. »Was gibt es denn Leckeres?«

Maike sah Zoe an, die einen Korb mit Zutaten auf dem Unterarm trug. »Bio-Maishähnchen mit Ofengemüse und Basmati-Reis.«

»Bin dabei«, sagte Philipp. »Lasst uns bitte deinen ganzen Kram gleich mitnehmen.« Er drehte sich um und verschwand in seiner Wohnung. Tubbs kam heraus, sprang auf das Treppengeländer und balancierte darauf nach oben, als wüsste sie genau, dass ihr Besuch bei Philipp nun vorbei war.

Maike setzte Crockett ab, übergab Zoe Sandros Blumenstrauß und folgte Philipp in seine Wohnung. Gemeinsam trugen sie das Futter, die Liegekissen und das Katzenklo samt Einstreu nach oben und fingen im Anschluss Crockett und Tubbs ein, die im Haus spazieren gingen.

»Ach, ich hab noch was vergessen«, sagte Philipp und eilte die Treppe wieder hinunter.

Zoe und Maike zogen unterdessen ihre Jacken aus und gingen in die Küche.

»Ich kann dir gar nicht sagen, was ich für einen Mordshunger habe.« Maike stellte die Blumen in eine Vase.

»Wenn du mir hier mal Platz machst, könnte ich den Korb ausleeren und schon mal anfangen«, erwiderte Zoe und deutete mit dem Kinn zum Tisch.

Maike sammelte die Unterlagen zusammen und legte sie zurück in die Akte.

»Du hast dir Billies Fall wieder angesehen«, sagte Zoe und starrte auf den vergilbten, abgegriffenen Hefter in ihrer Hand.

Sie nickte. »Es lässt mir einfach keine Ruhe. Martin hat mir ein paar Ratschläge gegeben, unter deren Berücksichtigung ich mir Billies Fall noch mal vornehmen will.«

Zoe setzte den Korb ab. »Und diese Tipps wären?«

»Es könnte mir eventuell weiterhelfen, wenn ich in Gedanken mit Billie spreche und mir vorstelle, was sie mir auf meine Fragen antworten würde. Und darüber hinaus soll ich in Niederteerbach die Augen offenhalten, ob sie uns vielleicht irgendwo irgendeinen Hinweis hinterlassen hat.«

»So, da bin ich wieder«, sagte Philipp, kam in die Küche und stellte einen Sechserpack Kölsch neben dem Korb auf den Tisch. Außerdem hatte er Blumen dabei, die er Maike überreichte. »Du brauchst mich gar nicht so anzusehen, die sind nicht von mir.« Er wackelte mit den Augenbrauen. »Würdest du dich freuen, wenn sie es wären?«

Sie runzelte die Stirn und nahm den Strauß an sich. Den Hefter mit Billies Fall legte sie aufs Fensterbrett, wobei etwas herausfiel. Doch sie konzentrierte sich bereits auf die Grußkarte und las Martins Zeilen:

Herzlichen Glückwunsch! Und wieder hast du einem Opfer zu Gerechtigkeit verholfen. Ich bin stolz auf dich und hoffe, dass wir uns schnellstmöglich wiedersehen. Dein Martin

Maike sah Zoe an, die über ihre Schulter hinweg mitgelesen hatte. »Ich glaube, dein Herz kommt langsam aber sicher in Schwierigkeiten«, sagte sie und deutete zu dem anderen Blumenstrauß in der Vase.

»Hey, das kenne ich«, warf Philipp ein, der das, was aus Billies Akte gefallen war, aufgehoben hatte.

Maike wandte sich ihm zu. Er hielt das Foto in der Hand, das in der zurückgelassenen Tasche eines Mädchenmörders gefunden worden war, den sie für Billies mutmaßlichen Entführer hielt. Da auf der Rückseite das Wort *Niederteerbach* notiert worden war, hatte sie sich hierher versetzen lassen. Hier war Billie einst verschwunden, und Maike glaubte fest daran, ihren Mörder eines Tages hier zu finden.

Sie nahm Philipp das Bild ab und betrachtete den Mann, der von dem Fotografen abgewandt an einem alten Schreibtisch saß.

»Weißt du, wer das ist?«, fragte sie.

»Nein, aber ich weiß, wo das ist«, antwortete Philipp. »Das ist auf jeden Fall das Büro meines Chefs.«

Zoe und Maike sahen sich an. Endlich gab es eine Spur, die sie der Lösung des Rätsels um Billies Schicksal näher brachte.